Karin Baron
Hin und weg

KARIN BARON

Illustrationen von Mona Harry

HIN UND WEG

Neue fantastische Geschichten aus Hamburg

KJM Buchverlag

1. Auflage März 2022

Simrockstr. 9a, 22587 Hamburg
www.kjm-buchverlag.de
ISBN 978-3-96194-178-0

Satz, Gestaltung und Karte: Svenja Wiese, Hamburg
Cover und Umschlag: Rothfos & Gabler, Hamburg
unter Verwendung von Zeichnungen von Mona Harry
Lektorat: Norbert Klugmann, Hamburg
Korrektorat: Rainer Kolbe, Hamburg
Herstellung: Eberhard Delius, Berlin
Druck & Bindung: Belvédère, Oosterbeek, Niederlande

Mehr zu unseren Büchern:
www.kjm-buchverlag.de

Inhalt

HIN UND WEG
Ameisen auf Abwegen

Lina und Lotte waren weg! Spurlos verschwunden. Wie vom Erdboden verschluckt. Dabei hatte man sie vor ein paar Jahren erst in Bronze gegossen und ihnen ein Denkmal gesetzt. In Altona an der Elbchaussee, Ecke Liebermannstraße, dort, wo die zwei einst der Mut verlassen hatte. Höchste Zeit für eine Würdigung, fanden Lina und Lotte damals in aller Bescheidenheit. Immerhin war es schon mehr als hundert Jahre alt, das Gedicht, das sie berühmt gemacht hatte. Eingraviert in eine Kupferplatte, lag es zu ihren zwölf Füßen, während sie selbst überlebensgroß und goldglänzend die knubbeligen Nasen in die Sonne reckten.

Nun aber waren die beiden Berühmtheiten weg und das Gedicht alles, was von ihnen geblieben war. Der Dichter Joachim Ringelnatz hatte es im Jahr 1912 geschrieben und es ging so:

Die Ameisen
In Hamburg lebten zwei Ameisen,
Die wollten nach Australien reisen.
Bei Altona auf der Chaussee
Da taten ihnen die Beine weh,
Und da verzichteten sie weise
Dann auf den letzten Teil der Reise.

Lina und Lotte wussten seinerzeit nicht recht, was sie von Ringelnatzens Geschreibsel halten sollten. Wie peinlich, auf dem Weg nach Australien nicht über Altona hinauszukommen! Und dabei von dem Kerl auch noch verpetzt zu werden, in einer Weise, dass alle Welt davon sprach. Ihn hätten sie mal sehen wollen auf dem Weg nach Australien, mit diesen Mörderblasen an den Füßen! Dabei hatte er nur kümmerliche zwei davon, nicht stolze sechs wie sie. Das mit der Weisheit am Ende des Gedichts war ja ganz nett, aber wer konnte sicher sein, dass Ringelnatz, der als Spaßvogel bekannt war, es überhaupt ernst meinte. Lina und Lotte jedenfalls hatten ihre Zweifel. Die bekanntesten Ameisen Hamburgs hatte der Mann aus ihnen gemacht, aber auch die faulsten und fußlahmsten. Und zwar für alle Ewigkeit.

Zur Strafe haben die zwei ihrem Dichtervater nie ihre Namen verraten. Aber seitdem sie auf dem Denkmal hockten, war mit der Anonymität leider Schluss. Prominent sein hat seinen Preis, das mussten Lina und Lotte am eigenen Leib erfahren. Ständig wurden sie entführt, geklaut oder kaputtgemacht, zum ersten Mal, als sie kaum drei Monate an der Elbchaussee wohnten.

Schmerzlich werden sie immer vermisst, sobald sie nicht mehr da herumkrabbeln. Von ihren Nachbarn an der mondänen Chaussee, von den vielen Autofahrern, die täglich an ihnen vorbeibrausen. Sogar von Leuten, die sie noch gar nicht entdeckt hatten und sie nur aus der Zeitung kennen. Über die Zeitung sucht nämlich jedes Mal sogar die Polizei nach ihnen. Per Steckbrief wie nach Schwerverbrechern. Die Einzigen, die Lina und Lotte kein bisschen vermissen, sind die Kinder. Immerzu hatten sie das Ringelnatz-Gedicht auswendig lernen oder aufsagen sollen, wenn sie mit ihren Eltern oder Großeltern bei den Ameisen vorbeischauten. Das nervte auf die Dauer. Was die Kinder dabei schon immer gewundert hatte: Quicklebendig wirkten die Tierchen auf ihrem Denkmal – kein bisschen müde oder gar erschöpft vom Wandern, wie es im Gedicht hieß. Wohin bloß waren sie diesmal bei Nacht und Nebel verschwunden? Und warum? Waren sie am Ende einfach …?

Allerhand wurde gemutmaßt. Hatte man sie einmal mehr gestohlen? Um ihre Bronzekörper einzuschmelzen und zu Geld zu machen? War es ein Dummejungenstreich und die Eltern der dummen Jungen würden Lina und Lotte irgendwann zurückbringen, so wie letztes Mal? War irgendein Idiot am Werk, der meinte, ihnen Beine machen zu müssen, einfach so, und als hätten sie nicht genug davon? Womöglich saßen sie gerade unbeachtet in einem öden Vorgarten herum und langweilten sich.

Ein trauriger Gedanke, aber so war es zum Glück diesmal nicht. Ganz und gar nicht, und allein die Kinder ahnten, was passiert war.

Lina und Lotte, die einst so schmachvoll in Altona gestrandeten Ameisen, hatten schlicht ihr Schicksal in die eigenen Hände genommen. Beziehungsweise in die Füße. Sie hatten ihren ganzen Mut zusammengekratzt und waren abgehauen. Sie würden einen zweiten Anlauf nach Australien nehmen. Vielleicht auch bloß nach Italien, weil das näher dran war. Lange genug hatten sie schließlich in Hamburg auf ihrem unbequemen Denkmal herumgesessen und diese Unverschämtheit von Gedicht ertragen, über das alle

Welt lachte. Ganz dunkel angelaufen waren sie vom Rumsitzen und Sich-Ärgern. Nun wollten sie endlich Herrn Ringelnatz Lügen strafen und beweisen, dass sie keine fußkranken Weicheier waren.

Die Gelegenheit schien günstig, denn beim Fischmarkt, gleich um die Ecke, lag am Kai die *Mein Schiff 3*, einer der Kreuzfahrtriesen des 21. Jahrhunderts. Kurzentschlossen waren Lina und Lotte zum Terminal marschiert und die steile Gangway zum Schiff hochgestapft, bevor sie es sich anders überlegen konnten. Drinnen, auf den wild gemusterten Teppichböden, von deren Mustern einem schon ohne Seegang übel werden konnte, fielen sie niemandem auf.

So ein Kreuzfahrtdampfer ist allerdings kein Gummiboot, das stellten sie bald fest. Ständig verliefen sie sich auf dem Riesenschiff und das mit den Aufzügen klappte schon gar nicht. Außerdem: die vielen Menschen, die überall herumwimmelten … der reinste Ameisenhaufen! Geradezu ewig dauerte es, bis Lina und Lotte die Großkombüse mit ihren Leckereien gefunden hatten und bereits kurz vor der Nordsee taten ihnen fürchterlich die Beine weh.

»Ich kann nicht mehr«, stöhnte Lina und hielt sich links das mittlere Knie.

»Ich will nicht mehr«, schimpfte Lotte, die mit drei ihrer sechs Beine hinkte. »Wo ist überhaupt das verdammte Blasenpflaster geblieben? Hast du das etwa alle gemacht?«

»Ich, wieso ich?«, motzte Lina. Sie fingen an zu streiten wie noch nie in ihrem Leben. Und da verzichteten sie weise denn auf den letzten Teil der Reise.

Bei der erstbesten Gelegenheit, der Cuxhavener Kugelbake

an der Elbmündung, gingen sie zusammen mit dem Lotsen von Bord. Zuvor aber haben sie ihrem Ringelnatz noch eine Postkarte geschrieben – an seinen Friedhof in Berlin:

Herr Ringelnatz, du kannst uns ma,
Wir geh'n zurück nach Altona.
Australien macht für uns kein'n Sinn,
Lauf du doch bitt' schön selber hin.
Und findest du uns lächerlich:
Behalt's für dich!

Die Ameisen

Der Kapitän der *Mein Schiff 3* soll ihnen hoch und heilig versprochen haben, die Karte erst in Australien in einen Briefkasten zu werfen. Mal sehen, ob Herr Ringelnatz sich darauf einen Reim machen kann. Falls nicht, sollte er sich doch getrost vor Ärger im Grab herumdrehen.

DIE GELD-BÖRSE

»Wo bin ich hier?« Ehrfürchtig blickte sich die dunkel angelaufene Kupfermünze um. Gemütlich hatte sie tief in einer weichen Höhle geschlummert, als sie unvermittelt aus dem Schlaf gerissen und in die Luft geschleudert worden war. Sie war abgestürzt, unter eine hölzerne Bank gekullert und benommen liegen geblieben. Der Kupferling war ein 1-Cent-Stück – die kleinste und geringste aller Münzen, mit denen man bezahlen durfte – und einem Mann aus der Hosentasche gepurzelt, als er nach seinem Taschentuch wühlte. Das Centstück blinzelte unter der Bank hervor und staunte. Ein hoher hellblauer Himmel wölbte sich über ihm. Der Himmel ruhte auf starken eckigen Säulen, die unzählige weiß gerahmte Tor- und Fensterbögen trugen und an einen steinernen Spitzenvorhang erinnerten. Strahlend weißer Stuck saß auf dem Mauerwerk wie Girlanden aus Zuckerguss.

»Ist das ein Schloss?«, fragte die Münze mehr sich selbst als jemand Bestimmten.

»So ähnlich«, antwortete in ihrer Nähe eine kratzige Stimme, die sie vor Schreck zusammenzucken ließ. Sie kam von dem klumpig-gräulichen Kaugummi, das dort seit Jahren auf dem Boden klebte und sich den Lappen und Besen der Putzkolonne erfolgreich widersetzt hatte. »Ein Geldschloss ist das«, fügte es hinzu. »Nur ohne echtes Geld. Du bist das einzige richtige.«

»Hä?« Fragend blickte das kupferne Centstück es an.

»Das ist ein Geld-Schloss, sagte ich. Hamburger Börse heißt es.«

»Börse? Wie Geldbörse, meinst du?« Ein bisschen ekelte sich das Centstück vor dem Kaugummi. »Also wie Portemonnaie?«

»Genau. Wie Portemonnaie. Nur ohne Geld, dafür mit Wertpapieren.«

»Wertpapiere? Du meinst: Geldscheine«, sagte das Centstück verwirrt.

»Nee, ich meine Wertpapiere. Das sind Zettel, die was wert sind, aber es stehen keine Zahlen drauf wie bei den Banknoten.«

»Versteh ich nicht«, sagte das Centstück. »Wieso sind die dann was wert, wenn keine Zahlen draufstehen? Und wie viel?«

»Je nachdem. Kommt drauf an«, erwiderte das Kaugummi und hätte am liebsten ein wenig auf sich selbst herumgekaut, wenn das möglich gewesen wäre. Doch in den Jahren unter der Bank war es steinhart geworden.

»W-o-r-a-u-f kommt es an?« Das Centstück wurde langsam ungeduldig.

»Na, auf den Tag, auf die Nachfrage, auf das Angebot und so weiter.«

»Du willst mich wohl veräppeln«, sagte das Centstück. »Ein Papier, das was wert sein soll, aber jeden Tag was anderes! So einen Blödsinn hab ich ja noch nie gehört. Bei mir steht eine dicke 1 drauf. 1 Cent. Das bin ich wert und das bleibe ich auch.«

»Das glaubst auch nur du«, entgegnete das Kaugummi spöttisch. »Am Ende bist du weniger wert als ich.«

»Weniger als du?! Machst du Witze, so durchgekaut, wie du

aussiehst! Außerdem bist du hart wie Stein.« Verächtlich rümpfte das Centstück seine 1.

»Du wirst dich noch wundern, du mit deiner lächerlichen 1 im Gesicht. Die bedeutet nämlich nur, dass du als Erster abgeschafft wirst.« Das Kaugummi ließ nicht locker mit seinen Sticheleien. »Deine Stunde hat längst angefangen zu schlagen. Ticke-tacke-ticke-tacke! Hörst du's nicht? Bald bist du weg.«

Das Centstück sprang auf seine schmale Seite und drehte eine wilde Pirouette, so schnell, dass es dabei wirkte wie eine Kugel. »Abgeschafft! So ein Unsinn! Du siehst doch, dass ich quicklebendig bin.«

»Kann ja alles sein, mein Lieber. Trotzdem bist du einer der Letzten deiner Art. Dich herzustellen, kostet nämlich mehr Geld als du wert bist. Du rentierst dich nicht mehr. Ist eine simple Rechenaufgabe.« Nun blieb dem Centstück doch die Spucke weg über so viel Unverfrorenheit.

»Du bist gemein«, nuschelte es empört, aber auch schockiert. »Geld ist nicht alles!«

»Sag ich doch«, erwiderte das Kaugummi grinsend. »Nach dir kräht kein Hahn. Aber nach den Wertpapieren. Wenn die abstürzen, ist richtig was los in der Welt und es wird alles getan, um sie zu retten. Das siehst du an dem Pinguin da mit den Schweißperlen auf der Stirn.«

Neben der Bank stand ein Mann im dunklen Anzug, der mit seinem Taschentuch das Centstück unter die Bank gefegt hatte. In seinem weißen Hemd glich er wirklich einem Pinguin. Er war leichenblass. Mit dem Tuch rieb er seine Stirn, statt sich die Nase zu putzen. »Verkaufen, verkaufen, sofort verkaufen«, rief er in sein Handy und riss an seiner Krawatte, um besser Luft zu bekommen. Er riss so heftig, dass ihm der Kragen platzte und sein oberster Hemdknopf zu Kaugummi und Centstück aufs Parkett rollte.

»Mann, ist der heute wieder drauf«, schimpfte der edle Perlmuttknopf und klopfte sich den Schmutz von seiner schimmernden Oberfläche. »Weißt du was, Alter? Das war's mit uns beiden.« Damit verschwand er auf Nimmerwiedersehen hinter der Bodenleiste der nächstgelegenen Wand.

Als der Pinguin sein Gespräch beendet hatte und sich bückte, um den Kragenknopf zu suchen, entdeckte er unter der Bank die Münze. »Oh, ein Glücks-Cent«, sagte er. »Dich kann ich gerade gut brauchen.« Doch er hatte die Rechnung ohne das Kaugummi gemacht.

»Pfoten weg!«, schrie es, riss sich in einem Akt der Verzweiflung vom Boden los und klebte sich mit letzter Kraft an seinen neuen Gefährten. »Das ist mein Glücks-Cent.« Zwar hatte es sich die ganze Zeit über den weltfremden Kupferling lustig gemacht, doch insgeheim war es froh, nicht mehr alleine zu sein.

»Iiieeeh!«, rief der Pinguin, als seine Finger das Kaugummi erwischten. Angeekelt zog er seine Hand zurück. »Widerlich!«

Das Centstück und das Kaugummi aber blieben glücklich vereint, und wenn sie nicht gestorben sind, kleben sie noch heute innig aneinander.

1

TOR ZUR WELT

Trostlos hing die altehrwürdige Hamburgfahne an ihrem abgeblätterten, ehemals weißen Fahnenmast am Millerntor-Stadion herab, der Arena des Hamburger Fußballclubs St. Pauli. Tagelanger Nieselregen hatte das Tuch derart durchnässt, dass es als schlaffer stumpfroter Lappen an seiner Stange klebte. Die weiße Burg in der Mitte versteckte sich in den Falten des Tuchs, als hätte sie nicht die Absicht, ihr Burgtor jemals wieder aufzumachen.

»Hey du, schlappmachen gilt nicht«, nölte eine Möwe, die haarscharf an der Fahne vorbeizischte. »Das bisschen Gepiesel! Regen ist in Hamburg erst, wenn die Fische auf Augenhöhe schwimmen. Weißt du ja wohl!« Sie drehte einen angeberischen Looping. »Reiß dich zusammen. Immerhin machst du hier Werbung für unser Hamburg, das Tor zur Welt.«

»Von wegen Welt«, keckerte die zweite Möwe, die in ihrem Windschatten flog, und ließ dabei etwas Fieses fallen. »Böse Zungen sagen ja, Hamburg sei eben nur das Tor.«

Mistvieh!

Wäre die Fahne nicht bereits durchnässt gewesen, sie hätte auf der Stelle angefangen zu weinen über so viel Häme. Musste dieses dahergeflogene Pack immer eine solche Show abziehen, selbst bei Ekelwetter, wenn niemand zuguckte! Konnten sie nicht ein einziges Mal ihren ätzenden Schnabel halten! Diese geflügelte Pest war sich für keine Gemeinheit zu schade. Ständig ließen sie ihre üble

Laune an jemandem aus, der nichts dafür konnte und sich einfach nur bemühte, seinen Pflichten nachzukommen. So wie die Hamburgfahne vom Millerntor. Eisern strengte sie sich an, stramm geradeaus im Wind zu flattern. Tag und Nacht, bei jedem Wetter, an 365 Tagen im Jahr. Und nicht nur am Millerntor, sondern an allen möglichen Orten der Stadt. Das waren nicht wenige, denn viele Hamburger hissten sogar in ihren Privatgärten die Lokalfahne.

Aber was sollte man machen, wenn der Wind eingeschlafen war und nicht mal einen Lufthauch zustande brachte? Oder wenn er einfach keinen Bock hatte bei dem Schietwetter. Am liebsten hätte sich die pitschnasse Fahne auf Halbmast gesetzt, was sonst nur passierte, wenn wer Wichtiges in Hamburg gestorben oder wenn St. Pauli abgestiegen war. Doch außer dem Wind war niemand Wichtiges gestorben. Überraschend bekam sie Beistand von unerwarteter Seite.

»Was Dümmeres hab ich ja noch nie gehört«, empörte sich die Flagge mit den gekreuzten Knochen und dem Totenkopf darauf, die neben ihr hing. Energisch schüttelte sie die Möwenkacke nebst einer Ladung Regentropfen aus ihrem schwarzen Stoff. »Scheißviecher!«, pöbelte sie den Möwen hinterher. »So blöd, dass es brummt. Das mit dem Tor zur Welt kommt doch darauf an, von wo ihr guckt, ihr Intelligenzbestien. Von Hamburg nach draußen oder von draußen nach Hamburg. Wenn ihr von draußen reinguckt, ist die Welt SELBSTVERSTÄNDLICH hier drin. Wo denn sonst?« An der Stelle musste sie niesen, um danach ärgerlich fortzufahren. »Die Welt draußen kann mir gestohlen bleiben. Oder könnt ihr mir einen Ort verraten, wo's besser ist als hier?«

Die Möwen antworteten nicht; mit viel Krakeel waren sie davongeflogen und sicher schon dabei, jemand anders auf die Nerven zu gehen.

»*Ich* kann dir 'nen Ort verraten, wo's besser ist«, kam plötzlich eine Stimme eine Etage tiefer. Verdutzt blickten die rote und die schwarze Fahne zu Boden. Ein feuchtglänzender Ball war unbemerkt herangekullert und bei den Fahnenstangen liegen geblieben.

»Wo?«, riefen beide gleichzeitig.

»*Im* Tor natürlich«, sagte der Ball. Da erst bemerkten sie das schwarz-weiße Muster aus fünfeckigen Flicken, das wie ein Netz seine Außenhaut überzog, und die vielen Schrammen darin.

»Ach, du bist das«, sagte die schwarze Fahne.

»Wegen dir kreischen alle wie die Irren und machen Krawall im Stadion«, ergänzte die rote. »Tor, Tooor, Toooooor, brüllen sie, wenn du da drin zugange bist. Nicht zum Aushalten an manchen Tagen.«

»Dann kommt doch mal mit und spielt 'ne Runde«, sagte der Ball und grinste keck. »Ohne Wind habt ihr eh gerade nix Besseres zu tun. Heute ist Montag. Tote Hose im Stadion.«

»Wir können aber nicht einfach abhauen«, sagte die Hamburgfahne pflichtbewusst. Sie versuchte, sich ein wenig zu straffen, was aber nicht funktionierte. »Einer muss hier die Stellung halten.«

»Ach was, für wen denn?«, erwiderte die Piratenflagge unternehmungslustig. »Du musst hier keinen auf Musterschüler machen. Dich guckt sowieso keiner an bei dem Wetter. Nicht mal die schicke Burg auf deinem Bauch.« Die Piratin stutzte. »Wo ist die überhaupt abgeblieben?« Erschrocken blickte die Hamburgfahne an sich herab. Die Burg. Ihre Burg. Nicht auszudenken, wenn … Aber, ein Glück, die weiße Burg, das 800 Jahre alte Hamburger Stadtsiegel, war noch da.

»Komm schon. Lass mich nicht hängen«, fing der St. Pauli-Lappen wieder an und zerrte ungeduldig an seinen Zipfeln. »Alleine kann man nicht Fußball spielen.«

»Na, gut.« Die Hamburgfahne ergab sich in ihr Schicksal. »Aber erst, wenn's dunkel ist.«

So kam es, dass auf dem grünen Rasen des Millerntor-Stadions bei Flutlicht zwei gegeneinander antraten, die sonst an ihren Fahnenstangen zum absoluten Stillstehen verurteilt sind. Unter Blitzlicht und donnerndem Applaus der Wolken spielte der Zweitligist FC St. Pauli das Match seines Lebens gegen ein Hamburg, das in gar keiner Liga war.

»Tor, Tooor, Toooooor«, kreischten beim 5:5 begeistert die Möwen, die sich vor dem herannahenden Gewitter auf die Zuschauerränge gerettet hatten. Als ein kräftiger Windstoß ins Stadion fuhr, blähte sich das Tor zur Welt endlich wieder stolz im Hamburger Nordwind.

Stramm nach Süden, Richtung Hannover 96, stand das rote Tuch und zeigte Flagge – Seite an Seite mit der Piratenfahne des FC St. Pauli.

Aber, hey, Hannover 96, was soll das eigentlich sein?

HARFENCITY

»Was ist denn mit denen los?«, fragte Laetitia und deutete Richtung Bühne. Die Instrumente, die dort ohne ihre Musiker herumstanden, schienen verstimmt zu sein. Laetitia war ein sehr empfindsames und musikalisches Kind. Zum ersten Mal in ihrem Leben besuchte sie mit ihren Großeltern die Elbphilharmonie in der Hamburger Hafencity und spürte sofort, dass etwas nicht stimmte mit den Instrumenten im Musikpalast. Der Gedanke erschien absurd, doch Laetitia kam es vor, als zankten und zickten sie wie die langen, dürren Mädels bei Germanys Next Topmodel.

Seltsam, sie hatte immer gedacht, bei einem Orchester würde es darum gehen, dass alle harmonisch zusammenspielten. Schließlich hieß dieser Ort ja sogar Elbphil»harmonie«. Aber vielleicht hatte sie sich getäuscht und es ging auch hier bloß darum, wer die, der oder das Wichtigste, Beste, Schönste oder Teuerste war.

Aufgeregt summten und vibrierten die Streich- und die Blasinstrumente, der riesige Konzertflügel und die elegante Harfe auf der Bühne des großen Konzertsaals vor sich hin. Laetitia sah und hörte alles: Die Oboe zischelte giftige Töne, die Posaune hatte sich das Brillentuch des Posaunisten in ihren Trichter gestopft, die Erste Geige zeigte dem Publikum die kalte Schulter und das Fagott stampfte mit dem Fuß auf. Die Klarinetten heulten einfach nur. Das größte Theater aber machten die Harfe mit ihrem goldlackierten Rahmen und die kleine silberne Triangel. Ausgerechnet.

Besonders die Harfe spielte sich auf. »Mach dich nicht so fett«, pflaumte sie die Pauke an. »Dein Gerumpel und Gedonner in jeder Sinfonie ist schon schlimm genug. Man schämt sich ja zu Tode, mit dir im selben Orchester zu sitzen.« Sie rümpfte die Nase. »Jeder Dudelsack wäre mir lieber.« Die arme Pauke war derart perplex, dass ihr keine passende Antwort einfiel.

»Eingebildete Zicke«, murmelte einer der Paukenschlägel schüchtern, während der andere vor Schreck hochsprang und sich so zwischen den langen Saiten der Harfe verhedderte, dass sie keinen hohen Ton mehr herausbrachte. Das »eingebildete Zicke« hatte sie trotzdem gehört.

»Nix ›eingebildet‹«, fauchte sie. »Immerhin ist der ganze Stadtteil nach mir benannt: Harfencity! Schon mal gehört, du Banause? Außerdem werde ich sogar im Himmel gespielt. Die Engel, du weißt schon …« Angewidert schüttelte sie den verhedderten Schlägel aus ihren Obertönen und kehrte der Pauke demonstrativ den Rücken zu. Der Triangel tat die Pauke leid. Ganz blass war sie geworden und ihr Trommelfell schien geradezu zu schrumpeln. Dabei bebte sie vor Kränkung und verhaltener Wut, als wackelte unter ihr der Bühnenboden. Die Triangel wusste genau, wie der Pauke zumute war, denn sie selbst wurde von den anderen Instrumenten auch nie für voll genommen und oft gehänselt. Nun reichte es. Höchste Zeit, sich zu wehren und Selbstbewusstsein zu demonstrieren vor all diesen Super-Instrumenten, die sich für was Besseres hielten. Dabei stellte die Triangel fest, dass es viel einfacher ist, für jemand anderen einzustehen als für sich selbst.

»HaRfencity! Von wegen! HAAAfencity heißt das!!!«, schrie sie die Harfe an. »Dein eingebildetes R kannst du dir sonst wohin schieben.« Ihr silberner Schlägel bimmelte Sturm vor Zorn. »Und von wegen Himmel … In meinem Namen zum Beispiel steckt ein ganzer Engel. ›Angel‹, ein englischer, wenn nicht sogar drei. ›Tri‹ heißt nämlich Drei und ist garantiert Latein. Wenigstens.«

»Äinschel? Du? Dass ich nicht lache, du armseliges Dreieck. Kannst ja nicht mal alleine stehen«, konterte die Harfe. »Für mich klingst du wie ›Angel‹ – Fische. Du weißt schon, die unmusikalischen glibberigen Viecher aus der Elbe.« Hämisch verzog sie den Mund. »Angie ist wer ganz anderes. Im Gegensatz zu ihr beherrschst du nur einen einzigen Ton und der scheppert wie Deckel auf Eimer.« Der Triangel verschlug es die Sprache.

»Was ist eigentlich mit der Ersten Geige los?«, quatschte die Bratsche dazwischen, damit sie auch endlich beachtet wurde.

»Ist beleidigt, wie immer«, sagte das Cello, »weil sie's gestern im Konzert vergeigt hat.«

»Und die Posaune? Wieso hat die ein Tuch im Trichter? Verstopfung?« Die Bratsche hatte Spaß daran, die anderen durch den Kakao zu ziehen.

»Sie hat einen Kater – und Angst, dass sie spucken muss«, kicherte das Cello. »Zuviel Rotz abgekriegt gestern Abend. Ihr Posaunist ist tierisch erkältet.«

So ging es fort und fort. Das Gezicke wollte nicht aufhören und Laetitia hielt sich die Ohren zu. So hatte sie sich ihr erstes Konzert in der Elbphilharmonie nicht vorgestellt. Selbst als die Musiker die Bühne betraten und sich an ihre Instrumente setzten, gelang es ihnen nicht, die aufmüpfige Bagage zu bändigen.

Alle zusammen spielten zum Gotterbarmen und Laetitia fragte sich, warum dieses Konzerthaus eigentlich so berühmt sein sollte. Am Ende gab die Bratschistin ihrer Bratsche heimlich einen Tritt, der Chefgeiger hätte seiner teuren Ersten am liebsten den Hintern versohlt und eine der Querflötistinnen war kurz davor, ihrer verqueren Flöte den ellenlangen Hals umzudrehen.

Schließlich hatten die Musiker genug. Sie packten ihre Instrumente, fuhren mit ihnen in den dritten Stock und hängten sie dort an die Haken, an denen sie immer hingen, wenn sie gerade nicht dran waren. Da konnten sie bleiben, bis sie schwarz wurden. Oder gelernt hatten, sich zu benehmen.

VER-SCHLEPPT

»Hä? Tickt ihr noch ganz klar in Hamburg? Ein Hafengeburtstag? Was soll das denn?« Klaas guckte pikiert und hätte, wenn es möglich gewesen wäre, seinen Bug gerümpft. »Ich feier nicht mal meinen eigenen.«

»Wie auch, du bist ja noch kein Jahr alt,« raunzte Erwin. Der Neue war ein bisschen sehr von sich überzeugt. Immerhin ist der Hamburger Hafen der drittgrößte Europas und über 800 Jahre alt. Er hatte etwas mehr Respekt verdient, fand er. Und eine Geburtstagsparty sowieso. Das ist Tradition. Aber was sollte man machen: Klaas, der neue Schlepperkollege im ehemaligen Fischereihafen, war gerade erst vom Stapel gelaufen. So ein Jungspund hat null Ahnung von Tradition. Und null Bock darauf.

Dass er beim Schlepperballett mitmachen sollte, beim Hafengeburtstag im Mai, passte Klaas ganz und gar nicht. Was sollte das überhaupt sein, ein Schlepperballett? »Ich dachte, ich bin zum Tanker- und Containerschiffe-Schleppen nach Hamburg gekommen«, maulte er. »Meinetwegen auch für diese Kreuzfahrt-Eimer, die hier ständig rein- und rausfahren und den Weg zu ihren Liegeplätzen nicht alleine finden. Aber doch nicht zum Spitzentanz!« Er tutete genervt, was in der Seefahrt eigentlich »Achtung, Platz da!« bedeutet. »Bin ich eine Ballettmaus oder was? Und habt ihr dafür nicht 'ne Oper?« Er schielte zur Elphi hinüber, dem neuen Wahrzeichen der Stadt, das im Sonnenlicht glitzerte wie ein Eisberg.

»Vergiss es«, sagte Erwin, als er sah, wohin Klaasens Blick ging. »Die können nur Musik. Orchester und so. Von Choreografie haben die keine Ahnung. Außerdem kann man mit ’ner Posaune oder ’nem Fagott im Mund nicht gut Ballett tanzen.«

»Po…Poselaune? Fagelott …?« Fast wäre Klaasens nagelneuer 6000-PS-Motor, der sich gerade warm lief, ins Stottern geraten. »Cho-Cholero…-was?«, quetschte er noch hinterher. Erwin verdrehte die Augen.

»Na, beim Ballett muss doch jeder seinen Platz kennen und wissen, was er zu machen hat: Pirouette, sterbender Schwan oder einfach mit den Armen wedeln. Das und die Reihenfolge, in der es abläuft, nennt man C-h-o-r-e-o-g-r-a-f-i-e.«

»Aha«, schnaufte Klaas. »Pirouette! Sterbender Schwan!! Kannst du mir bitte erklären, wie das gehen soll mit meiner Figur?« Er guckte an sich und seinem dicken Wulstbug hinunter. »Sterbendes Nilpferd kommt eher hin. Und überhaupt: Ich bin gerade erst auf die Welt gekommen. Ich will nicht sterben.« Erwin musste grinsen, immerhin hatte der Neue Humor. »Arme zum Wedeln hab ich übrigens genauso wenig wie du«, setzte Klaas nach.

»Stimmt«, sagte Erwin, »aber Fontäne kannste machen. So wie wir alle.«

»Fontäne? Na, super!« Klaas ließ ein halbherziges »Pfff« hören, worauf ein paar Wassertröpfchen aus seinen Spritzdüsen am Bug kullerten und in die Elbe plumpsten. »So vielleicht? Also, wenn *ihr* euch mit der Nummer lächerlich machen wollt, bitte schön. Aber ohne mich. Ich hab meinen Stolz.«

»Stolz. So ein Quatsch. Das hat nix mit Stolz zu tun, sondern mit Ehre«, wies Erwin ihn zurecht. »Es ist uns Schleppern eine Ehre, da mitzumachen. Immerhin hab ich die PEKING auf ihrer letzten Fahrt nach Hamburg gezogen und bin mir auch nicht zu fein fürs Ballett.« Erwin strahlte mit der Elphi um die Wette. »Du solltest mal hören, wie uns die Hamburger und die vielen Touris, die zum Hafengeburtstag in die Stadt kommen, zujubeln. Wie sie unsere Wendemanöver und unsere Tricks bewundern. Und erst das Finale mit den Rundum-Fontänen. Wir sind die Kraftpakete des Hafens. Die lieben uns.«

»Die PEKING?«, fragte Klaas. »Wer soll das sein?« Erwin gab es auf.

In der Tat war das traditionelle Schlepperballett einer der beliebtesten Programmpunkte beim Hafengeburtstag und zog besonders viele Zuschauer an. Zu klassischer Musik und Hamburgmelodien tanzten die Schlepper auf dem Wasser, als hätten sie in ihrem Leben nichts anderes getan. Undenkbar, dass einer von ihnen da nicht mitzog, vor allem nicht der neueste und stärkste, der noch keine einzige Beule am Rumpf hatte.

»Ach, macht doch, was ihr wollt«, knurrte Klaas, wendete über Steuerbord, ließ seinen Motor röhren und dampfte elbabwärts davon. »Meinetwegen könnt ihr euch da abstrampeln, aber ich will davon nichts mehr hören«, brüllte er noch. »Und jetzt muss ich los, Riesencontainerschiff abholen. Ohne mich strandet der Pott schon vor Wedel.«

»Bild dir bloß nix ein«, murmelte Erwin und blickte Klaas bedrückt hinterher. Aber dann kam alles ganz anders.

Zwei Stunden später war Klaas wieder da, im Schlepp ein gewaltiges Containerschiff mit 14.000 Containern an Bord. Ohne seine Schlepperkollegen auch nur mit dem Hintern anzusehen, zog Klaas an ihnen vorbei und bugsierte seinen Containerriesen geradewegs zum Kreuzfahrtterminal vor der Hafencity, wo er ihn hinter einem piekfeinen schneeweißen Kreuzfahrer parkte. »Schick«, dachte der Riese, während die AIDAcara pikiert aus der Wäsche guckte, »so stadtnah hab ich noch nie gelegen. Ist das etwa ein Eisberg da drüben?« Der Containerriese wunderte sich.

Die Schlepperkollegen von Klaas wunderten sich auch. Mit einer gewissen Schadenfreude nahmen sie ihn in Empfang. »Okay, Junge, du bist zwar neu hier, aber dass du nicht mal ein Container- von einem Kreuzfahrtschiff unterscheiden kannst … Ist dir klar, was du da gerade vor der Elphi geparkt hast?«

Klaas verstand nicht. »Hat doch alles super geklappt«, sagte er schnippisch und wollte seinen Liegeplatz ansteuern.

»Mann, Klaas, kapierst du's nicht?«, rief Erwin, der mit Karacho um die Ecke geschossen kam. »Dat Ship gehört nach Tollerort in den Containerterminal. Oder zum Burchardkai. Du hast dich ver-schleppt. Hol den wieder raus und mach hinne, die nächste Kreuzfahrtqueen ist schon im Anmarsch.«

»Was?« Langsam dämmerte Klaas, was passiert war. Eine tiefe Röte überzog seinen stählernen Rumpf, am liebsten hätte er sich selbst versenkt. »Hilfst du mir, Erwin?«, fragte er kleinlaut.

Erwin ließ ihn nicht hängen.

Nachdem die zwei zusammen die YANG MING WINNER dorthin verholt hatten, wohin sie gehörte, murmelte Klaas ein knappes »Danke« und verdrückte sich in den hintersten Winkel des

Hafens bei Entenwerder. Dort spürte Erwin ihn ein paar Stunden später auf.

»Na, willste 'ne lahme Ente abschleppen?«, grinste er, als er Klaas mit dem Heck Richtung Elbe hinter einem dicken Poller entdeckte. »Komm schon, Junge, kann jedem mal passieren. Als ich so alt war wie du …« Und Klaas erfuhr, wie Erwin einst mit einem Tanker an der Stahltrosse den Blankeneser Anleger abgerissen hatte. Mitsamt den beiden Restaurants obendrauf. Monate hatte es gedauert, das Teil zu reparieren.

Seite an Seite dampften sie zurück in den Hafen.

Als der ein paar Wochen später seinen Geburtstag feierte, tanzte Klaas beim Schlepperballett neben Erwin in der ersten Reihe mit. Erst spritzte er nur schüchtern ein bisschen herum, dann gab er volles Rohr. Es machte sogar Spaß. Riesenspaß, wenn er ehrlich war. Aus der Reihe tanzen würde er nie wieder. Und wer die PEKING war, hatte er mittlerweile auch kapiert.

MANN-O-MANN – UND EINE SAURE FRAU

»Was macht der Mann da?« An der Hand seiner Mama stand Leo vor dem Koloss aus Metall im Hamburger Stadtteil St. Pauli.

»Der steht rum«, antwortete die Mama. »Was Männer eben so machen.«

»Nein, ich meine das Ding in seiner Hand. Was ist das?«

»Das ist eine Quetschkommode, damit macht man Musik.«

»Omas Kommode sieht ganz anders aus«, sagte Leo. »Und bei ihr kommt die Musik von Spotify.«

»Spotify! Oma? Aha.« Leos Mama schüttelte den Kopf. »Die Omas von heute sind auch nicht mehr das, was sie mal waren.«

»Wieso heißt das Ding Quietschkommode? Es quietscht doch gar nicht.«

»Quetschkommode. Es heißt Quetschkommode und in ordentlich nennt man es Bandoneon. Die Orgel des kleinen Mannes.«

»Der ist aber gar nicht klein, der ist ein Riese. Warum steht der da?«

»Weil er tot ist. Und weil er berühmt war. Und weil das hier der Hans-Albers-Platz ist. So heißt der Mann: Hans Albers. Ohne Platz hinten. Er war ein Hamburger Schauspieler und hat im Film das Lied gesungen ›Auf der Reeperbahn nachts um halb eins‹.«

»Reeperbahn? Ist das so was wie Geisterbahn?« Leos Mama musste lachen.

»Hm, ein bisschen vielleicht, wenn ich an manche Gestalten denke, die sich da rumtreiben.« Leo machte große Augen. »Aber nein, Scherz«, sagte seine Mama eilig. »Die Reeperbahn ist eine Straße, wahrscheinlich die bekannteste der Stadt. Die liegt gleich hier um die Ecke. Früher hat man dort Schiffstaue hergestellt, Reepe hießen die, und dafür brauchte man eine lange, gerade Straße.«

Leo brummte der Kopf. Das waren sehr viele Informationen auf einmal für ihn. Er hätte sich gewünscht, dass seine Mama die Dinge mit einem einzigen Satz erklärte. Wie sollte man sich sonst alles merken, wenn der Kopf noch so klein war? Aber ein einziger Satz zur Erklärung, das schaffte seine Mama nicht. »Da-da-daaa-da-da-da-da-da-daaaa …«. Leise begann sie die Melodie vom Reeperbahnlied zu summen und Leo schien es, als schwankte sie dabei ein wenig. »Der gute Hans soll das Bandoneon im Film falsch herum gehalten haben.«

»Jetzt hält er's auch wieder falsch«, sagte Leo. »Wie eine Einkaufstasche. Oder wie etwas zum Planschbecken-Aufpumpen.«

»Stimmt«, sagte Mama und zog Leo weiter.

»Zeigst du mir die Reeperbahn?« Leos Mama seufzte. »Eigentlich hab ich noch viel zu erledigen …, aber … na los, komm.« Interessiert betrachtete Leo die knallbunten Läden und Lokale entlang der Reeperbahn. Viele Fragen hätte er zu denen gehabt, aber seine Mama war rasend schnell geworden und mit seinen kurzen Beinen kam Leo kaum hinterher. Bis sie plötzlich wieder auf Männer aus Metall mit Instrumenten in der Hand stießen und abrupt stehen blieben.

Diesmal war es ein ganzer Haufen Männer und sie standen auf einer Art riesiger Schallplatte. »Wer sind die?«, fragte Leo. »Und was machen die da?«

»Das sind die Beatles«, erklärte seine Mama. »Die sind weltberühmt, deine Oma Uschi hat sie noch live im Kaiserkeller und im Star Club erlebt. Sie stehen hier, weil sie in Hamburg damit angefangen haben, weltberühmt zu werden.«

»Aha«, sagte Leo und fing an, das gräuliche Kaugummi abzuknibbeln, das am Hals von George Harrisons Gitarre klebte.

»Iiieeh, Leo, lass das«, sagte seine Mutter und zog ihn weiter. An einem Kiosk kaufte sie ein Eis für ihn und eine Zeitung für sich, dann kehrten sie um.

Auf dem Nachhauseweg begegneten sie zwei weiteren Männern, die sich nicht von ihren Sockeln rührten: einem Klaus Störtebeker und einem Koloss namens Herr Bismarck. Die beiden sahen nicht nach Musikern aus. Herr Bismarck stand hoch oben im Alten Elbpark, fast im Himmel, guckte sehr streng und stützte sich auf ein gewaltiges steinernes Schwert. Auch Klaus Störtebeker hätte gerade kein Instrument bedienen können. Nackedei bis auf die Stiefel stand er auf dem Großen Grasbrook, wo man ihn vor ein paar hundert Jahren hingerichtet hatte. Seine Hände waren vor dem Bauch gefesselt. Ziemlich schlampiger Knoten, dachte Leo. Den hätte er locker aufgekriegt. »Warum ist der gefesselt?«, fragte er.

»Weil er ein Pirat war.«

»So wie Käpt'n Jack Sparrow aus ›Fluch der Karibik‹?« Leo hatte einen großen Bruder, der sehr begeistert war von dem wildäugigen Jack und ständig die gruseligen Filme mit ihm guckte.

»So ähnlich«, sagte seine Mama ein bisschen müde. Das war sogar weniger als ein einziger Satz. »Aber er hatte wohl einen anderen Friseur.« Klaus Störtebeker trug seine Haare sehr kurz.

»Warum stehen hier eigentlich nur Männer aus Stein und Metall rum?«, fragte Leo. »Und gar keine Frauen?«

»Na ja, ein paar Mädels stehen hier auch rum, jedenfalls an der Reeperbahn«, murmelte Leos Mama so leise, dass er es gerade noch hören konnte. »Aber die sind meistens noch ganz lebendig.« Das verstand Leo nicht. »Na, weil man mir bisher kein Denkmal gesetzt hat«, sagte Mama laut. »Als Heldin des Alltags oder so.« Das verstand Leo auch nicht.

Nun kam seine Mama ins Grübeln. Auf nur drei Kilometern standen sieben mehr oder weniger beeindruckende Männer in der Landschaft. Aber keine einzige Frau? Das konnte ja wohl nicht wahr sein!

War es auch nicht. Eine Frau gab es doch, wenn auch eine ganz kleine.

Zitronenjette heißt sie und gilt als Hamburger Original. In der Nähe des Michels versteckt sie sich, wo sie zu Lebzeiten mit Korb und Schultertuch als eine der ersten Zitronenhändlerinnen unterwegs war, damals eine ganz besondere Frucht. Die kleinwüchsige Henriette Müller, so ihr richtiger Name, war nicht die Hellste, hatte einen zweifelhaften Ruf und endete vor über hundert Jahren wegen Trunksucht und Erregung öffentlichen Ärgernisses in einer Irrenanstalt. Als sie über zwanzig Jahre später dort starb, hatte man sie in den Straßen von St. Pauli und Umgebung längst vergessen. Erst 70 Jahre später setzte man ihrem traurigen Leben ein Denkmal.

Leos Mama seufzte. In Sachen Frauen auf Sockeln und Podesten ist in Hamburg definitiv noch Luft nach oben.

VERLOREN IM DUFTWOLKENHIMMEL

Hingebungsvoll schnüffelte sie an den Fläschchen mit den teuren Parfums. Wie immer, wenn sie im Alsterhaus bummeln ging, dem berühmten Kaufhaus am Jungfernstieg, das zu Hamburg gehört wie der Alsterpavillon, die Alsterschwäne und die Alster selbst. Ein wenig Chanel N° 5 hier, ein bisschen Eau Sauvage da, ein Hauch Trésor hinter die Ohren – und ans Handgelenk ein Näschen voll von dem Zeugs, das dieser Hamburger Modeschöpfer mit dem grauen Zopf kreiert hatte. Karl. Den kannte ich aus den Pariser Modeheften, die wir immer gemeinsam lasen.

Ich war schon ganz benebelt und mir war schwummrig von all den französischen Duftwässerchen, die mich umwaberten, aber das kriegte sie gar nicht mit. Sie war im Duftwolkenhimmel, sie und ihre Nase hatten Besseres zu tun als auf mich aufzupassen. Wie auch! Wie soll man eine Lesebrille im Auge behalten, wenn man die Augen geschlossen hält, um sich durch teure Duftwelten zu schnuppern! Um es kurz zu machen: Ich war ihr gerade schnuppe. Sie hatte vergessen, dass sie mich noch immer auf ihrem Riechorgan herumtrug – einem ordentlichen Zinken, ehrlich gesagt –, deshalb fiel ihr auch nicht auf, wie mein elegantes eisblaues Gestell ins Rutschen kam. Und rutschte und rutschte und rutschte … Zwar hatte es die Form eines Schmetterlings, fliegen aber konnte es leider nicht. Ungebremst landete ich eine Etage tiefer.

Tränen traten mir in die Augen. Es tat so weh! Um ein Haar hätte ich mir beim Aufprall meine zarten Bügel mit den drei Glitzersteinchen auf jeder Seite abgebrochen. Ich schlitterte über den spiegelglatten Marmorboden, stieß mir eines meiner Gläser an dem Mülleimer, in dem die Pappstreifen mit den Duftproben landen, und flutschte in die hinterste Ecke unter dem Verkaufstresen. Dort blieb ich angekratzt liegen. Meine Nase aber, also die von ihr, auf der ich für gewöhnlich festsitze, ging einfach davon. Ohne nach mir zu suchen, ja ohne mich überhaupt zu vermissen. Schwupp, weg war sie. Einfach verduftet! Ein verzücktes Lächeln umspielte die rot angemalten Lippen darunter, während die dazugehörigen Füße in ihren Sandaletten mit den silbernen Puscheln beschwingt davontrippelten.

Es war eine solche Enttäuschung für mich! Und es war das Letzte, was ich in meiner dunklen Ecke mitbekam, bevor ich die Besinnung verlor.

Als ich aufwachte, war es totenstill und dazu stockdunkel. Es war mitten in der Nacht, wenn alle Lesebrillen normalerweise in ihren behaglichen Etuis schlummern. Alle Lesebrillen außer mir. Einsam und allein war ich, nur einmal schlurfte der Mann vom Sicherheitsdienst vorbei, der aufpasste, dass sich keine Einbrecher in diese heiligen Hallen wagten. Mein rechter Brillenbügel schmerzte noch immer und ein Glitzersteinchen hatte sich gelockert. Ich sehnte mich nach meinem rosa gepolsterten Etui.

Tack-Tack-Tack-Tack-Tack. Ich erwachte von einem unangenehmen Stakkato, das meine Ohrenbügel erzittern ließ. Ich blinzelte. Weiches Sonnenlicht drang durch die hohen Fensterbögen am Jungfernstieg und zeichnete einen hellen Streifen auf die Marmorfliesen bis zu der Stelle, an der ich verloren am Boden lag. Auf spitzen schwarzen Absätzen staksten zwei Beine durch den Lichtstreifen, die es sehr eilig zu haben schienen. Die halbhohe Tür zu dem Parfum- und Kosmetikstand, unter dem ich lag, wurde geöffnet und wieder zugeknallt. Das war wohl die Verkäuferin, die es gerade noch rechtzeitig zur Arbeit geschafft hatte. Bestimmt hatte sie kaum ihr Arbeitslächeln aufgesetzt, als schon die erste Kundschaft kam. Über die musste ich mich doch sehr wundern. Oben Luxuscreme und -parfum kaufen und unten die letzten Galoschen tragen! Löchrige Sportschuhe, die einmal weiß gewesen sein mochten, aber nun fest mit dem Hamburger Grauschleier verwachsen waren, turnten vor meinen gläsernen Augen herum. Ich machte mich so klein wie möglich, um keinen dreckig-grauen Tritt abzubekommen. Als nächstes schlenderten edle Budapester Herrentreter heran; der suchte bestimmt ein Geschenk für seine Liebste, über das er nicht groß nachdenken musste.

Es war nicht uninteressant, die Welt zur Abwechslung von unten zu betrachten statt hochnäsig von oben. Kaum zu glauben, was einem im Lauf eines einzigen Tages vor die Linse kommt: eine Parade von Fußbekleidungen zwischen unappetitlich und gemeingefährlich. Unter diesen Umständen ist es ein Segen, dass Menschen nur zwei Füße haben und nicht vier oder gar sechs.

Jungmädchenfüße in orangefarbenen Flipflops mit hellblau abblätterndem Nagellack schlappten beinahe auf mich drauf und dann davon, ohne etwas zu kaufen. Eine Armee von Sneakers latschte an mir vorbei – alle mit den gleichen Farben, Streifen und dicken Sohlen. Ein kleines Mädchen im grünen Tüllröckchen und mit Elfenflügeln auf dem Rücken riss sich von seiner Mutter los, warf sich neben mir auf den Boden und strampelte wütend mit den Beinen, weil es keinen lila Nagellack ausprobieren durfte. Verkäuferin und Mutter hätten vor Ärger am liebsten auch mit den Beinen gestrampelt, das spürte ich. Die Kleine schrie sich krebsrot im Gesicht. Zum Glück entdeckte sie mich nicht; wer weiß, was dann mit mir passiert wäre. Nur ein Pekinese mit pinkkarierter Schleife im Pony und gemeinen Krallen an den Pfoten interessierte sich für mich. Aber nachdem er über meine teuren entspiegelten Gläser geschleckt hatte – werxx – kapierte er, dass man mich besser nicht fressen sollte.

Ich war erleichtert, als es Abend wurde und alle Füße nach Hause stöckelten, schlurften und trampelten. Nur ein Besucher kam noch, als es leer war im Shopping-Paradies. Leise Gummirollen und weiche rotierende Borsten hatte er statt Füße und dazu einen angenehmen Brummton. Er war es, der mich entdeckte, sanft hochhob und mitnahm.

Seither wohne ich kuschelig zwischen seinen roten Borsten. An manchen Tagen, wenn uns danach ist, setzt er mich auf seine Nase und wir fegen gemeinsam durchs Alsterhaus.

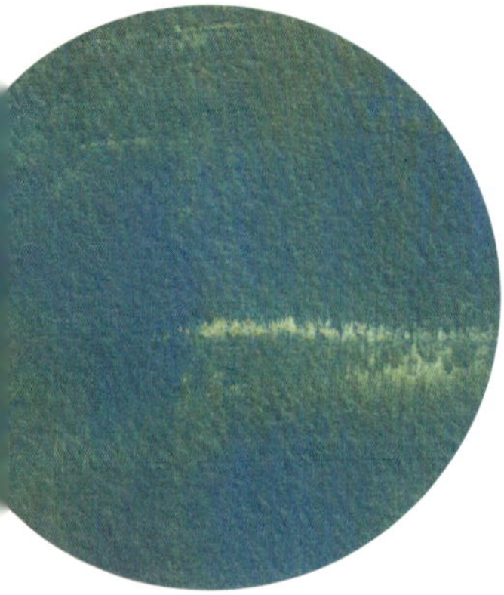

THE RAP-UNZELS

Zu keiner Zeit seiner Geschichte hat Hamburg ein ordentliches Schloss besessen. Weil sich nie ein König oder etwas Ähnliches in der Stadt niederließ. Nur imposante Kaufmannspaläste gibt es, die die Ufer von Alster und Elbe säumen. Und die Elphi, den neuen Musikpalast. Das einzige Gemäuer Hamburgs, das sich tatsächlich »Schloss« nennt, steht beim Flüsschen Bille im östlichen Stadtteil Bergedorf. Wie ein richtiges Schloss sieht es allerdings nicht aus; mancher Kaufmannspalast macht mehr her. Laut sagen darf man das nicht, sonst sind die Bergedorfer beleidigt. Immerhin hat ihr »Schloss« einen Schlossgraben drumherum.

Kein Prinz kam je auf seinem edlen Schimmel in Hamburg vorbei, um eine junge Prinzessin vor einem Drachen oder ihrem Vater zu retten. Mangels Schloss gab es ja weit und breit keine. Im Damenstift Kloster St. Johannis an der Alster wohnen daher lauter ältere Prinzessinnen von anderswo. Sie lieben ihr Klosterstift, denn mit etwas gutem Willen kann man das Kloster mit seinem schnörkeligen Turm für ein verhindertes Schlösschen halten.

Bei den Prinzessinnen selbst war es schon schwieriger, sie für etwas anderes zu halten als für ältere Damen. Runzlig waren sie, zerknittert waren nicht nur die Kleider. Auf ihrem dünnen grauen Haar gerieten ständig ihre Krönchen ins Rutschen oder verhedderten sich in den Brillenbügeln. Sonst aber waren die Prinzessinnen bestens drauf und regelten ihr Leben in eigener Regie. Eigentlich waren sie ganz froh, bislang nicht von dahergelaufenen Prinzen, Grafen und anderen Typen behelligt worden zu sein. Nie hatten sie ihre kostbare Zeit damit verplempern müssen, goldene Bälle in Brunnen zu schmeißen, glitschige Frösche zu küssen oder auf Schimmelreiter zu warten, die irgendwo vom Deich gefallen waren. In aller Ruhe konnten sie ihr Ding machen. Und das taten sie mit Hingabe.

Jede Prinzessin hatte ihre eigenen Gemächer im Damenstift, in denen sie tun und lassen konnte, was sie wollte. Dazu hatten sie einen wunderhübschen parkartigen Garten vor der Haustür, wo man morgens Yoga machen, Nacktschnecken sammeln oder Trampolin springen konnte, um fit zu bleiben. Wenn sie keine Lust auf Garten hatten, klemmten die Prinzessinnen sich ihre Boards unter den Arm und gingen eine Runde stand-up-paddeln auf der Alster, dem herrlichen Mitten-in-der-Stadt-See gleich um die Ecke. Dort scheuchten sie die Schwäne auf, ärgerten die Segler, weil die Vorfahrtsregeln sie nicht kümmerten, oder ließen sich mit einem Märchenbuch vor der Nase auf dem Wasser in der Sonne treiben. Ein herrliches Leben. Bis es einer Prinzessin langweilig wurde. So richtig langweilig.

Grete hieß die Neue. Seit sie ins Damenstift St. Johannis eingezogen war, mischte sie den holzgetäfelten und stuckverzierten Laden auf. Als erstes warf sie ihr Krönchen in den Mülleimer, machte Putzlappen aus den Spitzentaschentüchlein, die sie in ihrer Jugend hatte umhäkeln müssen, und kaufte sich in den Boutiquen nebenan wilde Klamotten: lila Lederhosen, löchrige Jeans und eine Boa aus türkisen Straußenfedern. Nur die knorrige Krokodillederstasche ihrer Mutter, die fast noch zubeißen konnte, behielt sie. Auch sonst plante Grete einen radikalen Neuanfang. Musikalisch trennte sie sich von der Querflöte, zu der man sie als Kind genötigt hatte, und griff fortan zur E-Gitarre: Sie hatte eine formidable Reibeisenstimme, die beim Querflötenspielen untergegangen war, denn Flöten und Singen gleichzeitig funktioniert nun einmal nicht. Die Querflöte nutzte Grete nur noch zum Kerzen-Löschen. Ein beherzter Schlag auf den Docht – und aus die Maus. Mit ihrer Gitarre aber und der Stimme wollte Grete auf eine Bühne.

Sofort!

Allerdings nicht alleine, denn sie träumte von einer richtigen Rockband. Mit ihrem Traum lag Grete den anderen Prinzessinnen von morgens bis abends in den Ohren und trampelte mit schrillen Tönen auf deren Nerven herum. Irgendwann konnten sie es nicht mehr hören und gaben klein bei. Aus Roswitha ließ sich eine passable Keyboarderin machen – immerhin hatte sie ungefähr hundert Jahre Klavierunterricht gehabt. Die forsche Luise, die ihren Königspapa immerzu mit der Geige gequält hatte, bis er loszog, fremde Länder zu erobern, bloß um dem Gejaule zu entgehen, überredete sie zum Bass. Und die elfenzarte Coralie mit ihrem meterlangen dürren Zopf, die bis dahin nur damenhaft mit Stricknadeln oder Törtchenbesteck hantiert hatte, setzte sich – hey – ans Schlagzeug.

»The Rap-Unzels« nannten sich die vier und wurden bekannt im ganzen Land. In der Großen Freiheit 36 in St. Pauli traten sie auf, in der Elphi, vor allem aber im Thalia-Theater um die Ecke, wo sie noch heute ab und an rocken. Ihr Musical von der Rockband im Seniorenheim wurde Kult in der Stadt und vor allem die jungen Leute rannten ins Theater, um sich anzuschauen, wie die Zukunft aussah. Die älteren trauten sich nicht mehr hin, weil die Zukunft auf dieser Bühne ihnen schon sehr dicht auf die Pelle gerückt war.

Dabei sieht sie gar nicht übel aus, die Zukunft. Rosig geradezu, wenn man sich Grete, Roswitha, Luise und Coralie so betrachtet. Wenn die vier nicht gestorben sind, dann leben und rocken sie noch übermorgen.

DER MONDFISCH

Nein, der Mondfisch kam nicht vom Mond. Er war ein ganz normaler Fisch, ein Stint genau genommen, zuhause an der Nord- und Ostseeküste. Nicht er persönlich, sondern seine Art. Er persönlich war ein Weibchen namens Heidi, vier Jahre alt und so lang wie ein Schullineal. Zum zweiten Mal in ihrem Leben traf sich Heidi mit tausenden anderer Stintweibchen am Eingang zur Elbe und kämpfte sich den breiten Strom hinauf Richtung Hamburg. Im Süßwasser hinter der Stadt wollte sie über feinsandigem Grund viele tausend Eier ablegen, damit daraus neue Stinte werden konnten. Die Elbe hinaufschwimmen, um Eier abzulegen, darauf war Heidi programmiert, darin hatten es ihre Vorfahren zur Meisterschaft gebracht.

Aber Programm hin oder her: Die Elbe hinaufschwimmen ist ganz schön anstrengend, sogar für ein Geschöpf mit Flossen statt Füßen. Erstens wechselt der Fluss zwischen Hamburg und der Nordsee alle sechs Stunden die Fließrichtung, da er sich mit Ebbe und Flut nach dem Mond richtet. Wenn Fisch Pech hat, kann er vom Hamburger Fischmarkt glatt wieder zurück bis Glückstadt geschwemmt werden. Zweitens kommt oft etwas dazwischen. Etwas, das schon mal länger dauern kann. Viele Jahrzehnte, zum Beispiel. So lange nämlich war die Elbe dermaßen schmutzig und voller ungesunder Sachen wie Blei und anderen Schwermetallen, dass sich kein Stint, kein Lachs und auch kein Stör, der bei Sinnen war, vor Hamburg hatte blicken lassen. Oder auch nur bei Cuxhaven an der Elbmündung. Nicht mal die Hamburger selbst (die mit den Füßen) mochten damals in der Elbe schwimmen.

Doch plötzlich änderte sich etwas. Etwas, das sich wie Frühling anfühlte – oder wenigstens wie Frühjahrs*putz*. Man räumte auf in Deutschland und Europa, sortierte ein paar Länder neu und schloss Fabriken, die lebensgefährlichen Dreck in die Flüsse leiteten, damit die ihn wegtrugen ins offene Meer. Kaum waren die Fabriken zu und kaum war viel Blei, Cadmium, Kupfer und Zink – so heißt der Dreck – aus den Flüssen verschwunden, kehrten die Stinte zurück. Ihr Bestand erholte sich und immer mehr von ihnen mühten sich wie früher die Elbe hinauf. So wie Heidi. Die Hamburger freuten sich. Sie mögen die Stinte – vor allem auf dem Teller, denn der kleine Fisch gilt als Leckerbissen. Ein bisschen nach Gurke schmeckt er, weshalb man ihn auch Gurkenfisch nennt. In Roggenmehl gewälzt, in Öl und Speck gebraten, dazu Bratkartoffeln, ist er »ein Gedicht«, wie manche sagen. Sogar ein Ort am Hafen ist nach ihm benannt, der Stintfang, wo man in den alten Zeiten die Stinte mit Waschkörben fing, nicht mit Netzen wie heute.

Heutzutage haben die Stinte ein neues Problem: Sauerstofflöcher im Wasser machen ihnen das Leben schwer. Auch an denen sind die Menschen schuld wie damals an Blei & Co., denn sie baggern die Elbe immer tiefer aus, weil immer größere Schiffe auf ihr fahren, die immer mehr Container transportieren. Und so kriegt sie Löcher, die Elbe. Sauerstofflöcher. Das sind keine richtigen Löcher, sondern Stellen im Wasser, an denen es zu wenig Sauerstoff gibt. Den braucht ein Fisch nun mal zum Leben, genau wie der Mensch. Auch wenn der ihn aus der Luft holt. Leider lassen sich Sauerstofflöcher im Wasser nicht einfach zuschütten wie Löcher an Land. Dem Stint gefällt das gar nicht. Es ist nicht angenehm, im Wasser um sein Leben zu kämpfen, selbst dann, wenn einen gerade niemand fressen oder fangen will.

Wenn die Stinte es dann tatsächlich schaffen, Hamburg, die Fischernetze und all die Unterwasserlöcher hinter sich zu lassen, geraten sie bei der kleinen Stadt Geesthacht vor ein weiteres Hindernis: eine Staustufe mit vier Wehren, die den Fluss stauen, damit Ebbe und Flut im Hinterland keinen Schaden anrichten können. Die Stufe liegt mitten im Wasser, reicht von einem Ufer zum anderen und versperrt den Stinten flussaufwärts den Weg. Genau dort hingen Heidi und ihre Freundinnen nun fest. Obwohl die Menschen ihnen sogar eine Art Treppe gebaut hatten, damit sie weiterhin stromaufwärts kommen würden. Eine Fischtreppe mit dicken Steinen drin, sodass die Strömung dort wie ein Wildbach sprudelt und Heidi & Co. anlockt. Blöderweise funktionierte die »Treppe« nicht, wie sie sollte. Irgendetwas war kaputt und an der Stelle hatte Heidi endgültig die Nase voll.

Dann eben nicht. Leg ich meine Eier halt woanders ab, dachte sie. Und sie hatte auch schon eine Idee, wo. »Tschüss, Mädels«, sagte sie zu ihren Artgenossinnen, machte auf der Schwanzflosse kehrt und ließ sich gemütlich zurücktreiben, flussabwärts.

Im Verlauf der Reise hatte Heidi nämlich etwas aufgeschnappt, das spannender klang als eine dusselige Fischtreppe, die noch

dazu nicht funktionierte. »Himmelsleiter« hieß das Wort, das sie sofort in seinen Bann gezogen hatte. An der Elbe sollte es eine Himmelsleiter geben, am nördlichen Ufer bei Övelgönne. Bei einer gewissen »Strandperle«. Von dieser Strandperle hatte sie die Leute auf einem Ausflugsschiff reden hören. »Wahnsinnig viel los« sei dort immer und darum glaubte Heidi, sie könne diese Strandperle mit ihrer Leiter in den Himmel keinesfalls verpassen.

Bis zu der rätselhaften Perle am Strand sollte Heidi allerdings nie gelangen. Denn als sie auf dem Weg dorthin wieder einmal an der Wasseroberfläche nach Luft schnappen musste, weil sie in so ein blödes Sauerstoffloch geraten war, erblickte sie vor sich etwas atemberaubend Schönes: Von tausend Lichtern erleuchtet lag ein funkelnder Kristall am Elbufer. An zwei Seiten ganz schief, spiegelte sich das Gebilde zackig im schwarzen Wasser. Eine breite Treppe führte geradewegs zum Mond hinauf, der in dieser Vorfrühlingsnacht groß und rund am Himmel stand und nur auf Heidi zu warten schien. Kein Zweifel, das musste sie sein, die berühmte Himmelsleiter. Heidi hatte sie tatsächlich gefunden.

Sie brauchte nicht lange zu überlegen. Ihr war die Lust vergangen, sich noch länger in diesem unfreundlichen Gewässer aufzuhalten, wo der Sauerstoff knapp wurde, die Fischtreppen nicht funktionierten und feinmaschige Netze im Wasser hingen, in denen man sich verfangen konnte. Als Mai-Delikatesse verspeist werden, das wollte Heidi nämlich auch nicht. Weder von einem Hamburger noch von einem Touristen, der womöglich nicht einmal eine Ahnung hatte, dass sie ein Leckerbissen war und dazu eine wirkliche Spezialität. Ein letztes Mal tauchte Heidi ins Elbwasser ein, dann schnellte sie elegant hoch und sprang Stufe für Stufe die Treppe hinauf bis in den Himmel. Sie galoppierte regelrecht auf ihr Ziel zu. »Nimmst du mich mit?«, fragte sie atemlos den Mond, als sie endlich auf der obersten Stufe angekommen war.

»Na klar«, sprach er mit dunkler Stimme. »Spring! Ich habe noch einen allerletzten kleinen Fluss auf mir, der in ein winziges Meer mündet, das Mare Tranquillitatis – Meer der Ruhe. Das ist der perfekte Platz für dich.«

Und Heidi sprang. Dem Mond genau in die Arme.

Wenige Monate später wurden in seinem letzten kleinen Fluss vierzigtausend Mondfische geboren, die nie jemand zu essen bekommen würde. Für immer würden sie mit ihren rosa, silbern und grün schillernden Körpern auf dem Mond für Meeresleuchten sorgen. Blickt man im Monat Januar von der Elbe aus ins Mondgesicht, kann man es sehen: Es schaut aus, als würde der Mond mit seinem rechten Auge zwinkern.

DIE ASSEL

Es gab eine Zeit in der Zukunft, da funktionierte die ganze Stadt vollautomatisch und digital. In den Autos saßen die Fahrer hinten und spielten mit ihren Handys. Auf den E-Rollern benutzten die Menschen die Beine nur noch zum Bremsen, wenn überhaupt. Und die Post wurde von Robotern gebracht. Aber eigentlich gab es gar keine richtige Post mehr, keine Postkarten und Briefe, sondern nur noch Reklame und Päckchen mit Kleidern drin, die niemand brauchte und die kurz darauf von Robotern wieder abgeholt wurden. Briefe und Postkarten kamen aus elektronischen Telefonen – man nannte sie smart, obwohl sie dumm waren wie Bohnenstroh, so sagte man früher – und die Urlaubspostkarten fischte man aus einem unsichtbaren Netz, das Inter hieß. Obwohl: Urlaub machte im Grunde auch keiner mehr so richtig, da die Finger der Menschen ständig in Aktion waren und auf den kleinen smarten Kästchen herumtippten, die an ihnen festgewachsen schienen wie Fußzehen oder Ohren. Sie sahen weder das Meer, die Seen noch die Berge, vor denen sie saßen, sondern nur noch sich selbst. Einst hatte man dafür Spiegel benutzt.

Die richtig alten Leute, die noch Telefone mit Schnur erlebt hatten und Fahrräder, deren Pedale man treten musste, um vorwärtszukommen, verstanden davon nichts und sie gehörten auch nicht länger dazu. Sie waren gechippt wie in früheren Zeiten die Hunde, damit sie überhaupt noch am Leben teilnehmen konnten und nicht in Drehtüren hängenblieben, für immer und ewig in Parkhäusern festsaßen oder auf Kreuzfahrtdampfern verschrumpelten.

In dieser Zukunft gab es in den Städten fast nur noch Beton, obwohl der Sand dafür auf der ganzen Welt knapp und teuer geworden war. Das Einzige, was noch grün leuchtete in den Städten, waren die Ampeln, und das auch nur manchmal. Aber Hamburg, dessen Bewohner alles so lassen wollten, wie es war – weil sie keine Lust hatten auf immer mehr Nachbarn, Touristen und Olympische Spiele – Hamburg hatte sich noch eine letzte grüne Fläche mitten in der Stadt bewahrt: die Alsterwiese am großen See. Viereckig war sie, ohne ein einziges Kleeblatt, Gänseblümchen oder Marienkäferchen, und fast schüchtern klemmte sie zwischen einer Brücke und einem Parkplatz.

Auf dieser Wiese herrschte DIE ASSEL.

Die ASSEL war rund, asselgrau und wenn ihr Akku kurz vor leer war, verzog sie sich in ein kleines Häuschen mit Ladestation, bis sie wieder fit war. Sie hatte Stummelbeine, zwei rotglühende Augen und einen kurzen Antennenschwanz. Tag und Nacht asselte sie fast lautlos über diese letzte Alsterwiese, die niemand mehr betreten durfte, und mähte die Grashalme kurz und klein. Früher hatten die Menschen dort Ball gespielt und gepicknickt, Bücher gelesen und sich die Sonne auf die Nase scheinen lassen. Ihre Hunde, ihre Kinder und sich selbst hatten sie spazieren geführt und frische Luft geschnappt. Das alles tat man nicht mehr, denn erstens war es verboten, zweitens wussten die Menschen gar nicht mehr, wie es ging. Und drittens war ihnen die frische Luft schon vor Jahren ausgegangen.

Dabei sah die Wiese perfekt aus wie nie zuvor. Wie samtig grüner Teppichboden lag sie da. Kein Maulwurfshügel zerstörte ihr Bild, die Bienen, die Schmetterlinge und alle anderen Insekten hatten sich sonst wohin verflogen – womöglich nach Grönland oder Afrika – und nicht einmal Kaugummipapier oder Coffee-to-go-Becher lagen mehr herum. Alles dank der ASSEL, die sich gefräßig über alles hermachte, was höher war als drei Zentimeter. Sie köpfte, was zu lang zu werden drohte, noch bevor es überhaupt ein Köpfchen entwickeln konnte. Sie raspelte es ab, kaute es durch und verdaute es in ihrem künstlichen Magen zu einem erbsengrünen Brei. Präzise folgte sie ihrem immer gleichen Programm, denn denken konnte die ASSEL nicht. Aber das sollte sie auch gar nicht.

Bis eines Tages etwas passierte. Sie war schon etwas schlapp und auf dem Weg zu ihrer Ladestation, als ihre Stummelbeine über etwas stolperten. Ohne hinzuschauen, verschluckte sie es, wie ihr Programm es befahl. Doch das war ein Fehler. Das Etwas war ein zerblättertes altes Bilderbuch. Ein kleines Kind hatte es verbotenerweise und von seiner Mama unbemerkt auf den perfekten Rasen fallen lassen, als sie auf dem Parkplatz ins Auto stiegen. Viel Grün gab es in dem Bilderbuch, viele Krabbeltiere mit zarten Flügeln, Fühlern und Beinchen. Und etwas Verrücktes, das sich Fantasie nennt und nie, niemals einem Programm folgt.

Das Buch bekam der ASSEL nicht. Erst grummelte es fürchterlich in ihrem Bauch und danach lief ihr Programm Amok. Sie drehte vollkommen durch. Im Zickzackkurs karriolte die ASSEL über den Rasen. Wild zuckte sie mit allen Beinen und ihre Glühaugen blinzelten hektisch. Bis sie von einer Sekunde auf die andere stillstand und zu würgen begann. Sie würgte und würgte, bis ihr Computer-Gedächtnis, zu metallischen Krümeln zerrieben, mitten auf dem samtigen Rasen lag. Die ASSEL erinnerte sich an nichts mehr – außer an das Grün und an die vielen kleinen Krabbeltiere aus dem Bilderbuch, das sie gefressen hatte.

Alles an ihr begann zu blinken, zu rattern und zu wackeln, als hätte sie Schüttelfrost. Mit letzter Kraft rannte sie zum Rathaus, mähte den roten Teppich in der Eingangshalle ab und asselte die breite Treppe hinauf ins Büro der Bürgermeisterin. Dort spuckte sie ihr pfundweise Grün auf den Schreibtisch und vor die Füße. »Das geht so nicht«, schrie sie. »Das schmeckt mir nicht mehr, dieses Einheitsgrün ohne Gänseblümchen, Klee und Unkraut. Mach was dagegen!« Vor Schreck verschüttete die Bürgermeisterin ihren Kaffee Chai-Latte.

»A…aber das geht nicht so einfach«, stotterte sie. »Da muss ich erst meine Leute fra…« Doch die ASSEL fiel ihr ins Wort.

»Geh einfach!«, sagte sie, machte auf ihren Stummelbeinen kehrt und holperte die Treppe hinunter. Auf jeder Stufe purzelten Wiesenteilchen aus ihr heraus, erbsengrüner Brei und all die Samen, die sie im Laufe ihres Lebens verschluckt hatte. Alles schlug Wurzeln und wuchs. Im Nullkommanichts hatte sie den roten Rathausteppich in eine grüne Wiese verwandelt, auf der es summte und brummte, und den großen Platz vorm Rathaus gleich dazu. Danach zog die ASSEL durch die Stadt. Die Straßen wurden wieder grün, die Park- und die Spielplätze und sogar die Häuser, an deren Wänden sie hochkletterte. Wenn sie müde wurde, dockte sie an einer Ladestation für E-Roller an und bald schon erschien Hamburg den Hamburgern wie eine wunderschöne Fata Morgana aus der Vergangenheit.

Nur bei Luisa, der Bürgermeisterin, sah es aus, wie es noch nie ausgesehen hatte, auch früher nicht: Auf ihren Schuhen und einer ihrer Ringelsocken wuchsen rosa Klee und dottergelber Löwenzahn. Auf dem Schreibtisch hatte sich eine bunte Wiese breitgemacht, in der sie – immer ein bisschen schief – ihren Kaffee Chai-Latte abstellte. Und über ihrem borstig kurzen Haar, das nun regelmäßig von der ASSEL gemäht wurde, düste ein Marienkäfer herum, der ihr pausenlos mit grünen Ideen in den Ohren lag.

Manchmal, wenn das Ohrensausen sie ganz wuschig machte, legte Luisa sich einfach auf ihre Schreibtischwiese und träumte von der Zeit, als sie noch langes lockiges Haar gehabt hatte.

DIE ROSA FLORA UND DAS PHANTOM

Im aufmüpfigsten Stadtteil Hamburgs, dem Schanzenviertel, lebte einst die zauberhafte rosa Flora. Flora war eine Tanzmaus, die aus ihrem Käfig ausgebüxt war. Ohne Zögern hatte sie sich direkt auf die Straße begeben, um eine neue Welt zu erobern. Das mit dem Erobern klappte sofort, denn eine Tanzmaus war damals etwas ganz und gar Ungewöhnliches. Und Flora, die ihren rosa Namen dem einen rosa Öhrchen verdankte, hatte einen Chic und einen Charme, der sämtlichen Mäuserichen im Quartier den Kopf verdrehte. Besonders jenen, die nicht tanzen konnten. Floras anderes Öhrchen war normal grau und die kesse Tanzmaus pflegte es mit rosa Marabufedern zu schmücken, damit es sich nicht benachteiligt fühlte. Die zarten Federn schwebten in der Luft wie Pappelsamen und eigneten sich ganz wunderbar, um ihren zahlreichen Verehrern verführerisch um die Nasen zu wedeln.

Aber nicht nur die Mäuseriche von der Schanze eroberte die rosa Flora im Sturm, sondern auch den schönsten Ort der Welt: den Crystallpalast, der zum hundert Jahre alten »Concerthaus Flora« gehörte. Für eine Hamburger Tanzmaus war er ein Paradies, aber auch für die Hamburger selbst. In Scharen kamen sie am Wochenende, um sich zu amüsieren und unterhalten zu lassen. Um Spaß zu haben, würde man heute sagen. Heute allerdings sucht man den Crystallpalast vergeblich, und das kam so:

Urplötzlich nämlich war Schluss mit Marabufedern und Um-die-Nase-Wedeln, denn von einem Tag auf den anderen lag die Welt der rosa Flora in Trümmern.

Warum? Wegen dem Phantom, das dort einziehen sollte. Ein weltbekannter Musiker – ausgerechnet – hatte das Phantom sozusagen im Gepäck. Ein so berühmtes Phantom aus der Pariser Oper, dass es nicht reichte, wenn es in Paris herumspukte. Oder in einem muffigen Schloss in den Hochmooren von Schottland, wo Phantome grundsätzlich viel besser aufgehoben sind. Nein, dieses spezielle Phantom sollte in Hamburg spuken. Leider nicht im Crystallpalast der rosa Flora, wo es gut hingepasst hätte, sondern in einem Theater, das genau an dessen Platz neu gebaut werden sollte. Neu gebaut? Ein Spuktheater?? Dass so was kompletter Blödsinn ist, weiß jedes Kind: Wie soll ein totes altes Phantom in einem nagelneuen Theater spuken können! Ohne knarzende Dielen, ohne flackernde Lichter, ohne unheimliche Schatten an der Wand …

Nicht nur die zweibeinigen Bewohner des rebellischen Schanzenviertels protestierten heftig gegen den Neubauplan und lieferten sich Straßenschlachten mit der Polizei. Auch die Mäuse vom Crystallpalast gingen auf die Barrikaden und machten begeistert mit beim allgemeinen Chaos, mittendrin die rosa Flora in ihren seidenen Ballettschühchen und dem rosa Tutu. Sie bissen den Polizisten die Uniformknöpfe ab, knüpften doppelte und dreifache Knoten in ihre Schnürsenkel, damit sie lang auf die Nase schlugen, und stopften die Düsen der Wasserwerfer mit Mäusekötteln zu. Allein, es nützte nichts: Eines Tages lag der Crystallpalast, der im Krieg vollkommen heil geblieben war, obwohl man wirklich alles versucht hatte, ihn kaputt zu kriegen, zerstört am Boden.

Das funkelnde Kristallglas war zerschlagen, die kunstvollen Träger aus Eisen ächzend zusammengesunken wie der Körper einer Riesenspinne. Und die gläsernen Lüster, die einst von den Decken pendelten, lagen begraben unter dem Gewicht der Eisenträger und ihrem eigenen. Es war eine Tragödie. Was für ein Juwel dieser Tanz- und Theaterpalast gewesen war! Einen schillernden Hauch von Paris hatte er ins nüchterne Hamburg gebracht, ein bisschen Federboa und Frou-Frou, ein bisschen Revue und Revolution. Fast niemand in Hamburg spricht heute mehr davon. Nur die Mäuse haben es nicht vergessen.

Sie liebten es, ihr gläsernes Zirkuszelt aus Frankreich mit dem Palmenschmuck. Entworfen hatte es der Mann, der auch den Eiffelturm erbaut hatte. Für eine große Ausstellung. Von Paris war es nach Hamburg umgezogen, wo es zu einem Lieblingsort der Hamburger wurde. Bis … ja, bis das vermaledeite Phantom anrückte. Umbringen können hätte man das Biest, wenn es nicht sowieso schon tot gewesen wäre.

Untröstlich waren die Leute im Viertel über den Verlust ihres Tanzpalasts. Was war nicht alles losgewesen darin, zu seinen besten Zeiten. Theater war er gewesen, Ballsaal, Konzerthaus und Varieté. Kängurus hatten dort geboxt, berühmte Sänger und Sängerinnen waren aufgetreten. Okay, nach seiner Glanzzeit war er ein bisschen vergammelt, war Zigarettenfabrik geworden, Möbellager und Kino. Aber das hätte sich wieder richten lassen. Man hätte das Zuhause der Schanzen-Mäuse im alten Glanz erstrahlen lassen können, wenn auch nur für das dusselige Phantom. Aber nicht einmal eine Ruine war davon geblieben. Gnadenlos hatte man alles eingeschmolzen. Kein Eisenstückchen, kein Kristallsplitter sollte mehr herumliegen. Als sei der Crystallpalast nur ein schöner Traum gewesen.

»Das wirst du mir büßen, Phantom«, sprach die rosa Flora und zog sich die alten Boxhandschuhe des Kängurus über, die sie aus den Trümmern hatte retten können. »Der Crystallpalast, der dir schnurzpiepegal ist, war mein Zuhause, meine Bühne, mein Leben.« Sie hatte einen Plan.

Eines Nachts, als das Phantom sich ein wenig in der Gegend umsah, stellte sie ihm eine Falle. Sie hatte gehört, dass es Phantome gibt, die Angst vor Mäusen haben. Und vor Tanzmäusen erst recht. Sie lauerte ihm auf, als es arglos auf der Wippe des Schanzenparkspielplatzes saß und mit sich selbst wippte. »Buh!!!«, schrie sie in eines seiner bläulich-luftigen Ohren, als es einmal mehr jauchzend in die Höhe hüpfte.

Flora hatte Glück. Das Phantom *hatte* Angst vor Mäusen. Und es war ein Weichei. Kreischend raste es davon und vergaß dabei ganz, dass es fliegen konnte. Es weigerte sich, das Schanzenviertel jemals wieder zu betreten, geschweige denn ein Theater, das man dort eigens für es bauen wollte, sodass jede einzelne Maus wissen würde, wo es wohnte. Mit Mühe und Not konnte man es dazu überreden, in ein anderes Hamburger Theater einzuziehen, in der Nähe eines zugigen S-Bahnhofs.

Auch dort war alles nagelneu und, wie zu erwarten, gefiel es dem verwöhnten Pariser Phantom nicht. Nicht nur, dass es sich mit einem einzigen Kronleuchter begnügen musste, der auch noch ständig von der Decke fiel, auch der Rest der Einrichtung entsprach nicht seinem Geschmack. Halbherzig spukte es eine Weile zwischen glatten Betonwänden und hypermodernen viel zu hellen Treppenaufgängen hin und her, dann hatte es die Schnauze voll. Außerdem litt es immerzu Angst, dass die rosa Flora wieder auftauchen und ihm sein Phantomleben zur Hölle machen würde. Aber das hätte es nie im Leben zugegeben. Mitsamt dem weltberühmten Musiker machte es sich an einem schnöden Montag klammheimlich aus dem Hamburger Staub, zurück in irgendein gruftiges Schloss in England, wo die zwei hingehörten.

Die Hamburger Mäuse haben ihnen trotzdem nie verziehen. Den kleinen Rest, der von ihrem Concerthaus Flora übriggeblieben war – nicht mehr als die pompöse Eingangshalle – nannte man fortan Rote Flora, weil die neuen Bewohner gerne rote Fahnen schwenkten und aufmüpfige Sprüche auf die Außenmauern sprayten. Die rosa Flora wohnt dort nicht mehr. In manch kristallklarer Sternennacht im Winter aber wird sie selbst zum Spuk. Dann glaubt man, sie auf dem Dach der Roten Flora ausgelassen einen Charleston tanzen zu sehen. Zu wilder Musik aus der Vergangenheit – bis ein plötzlich auftauchender Phantomnebel sie und die Musik verschluckt …

Die aufmüpfigen Schanzenviertler aber meinen immer noch, sie selbst seien es gewesen, die das Phantom vertrieben haben.

JOHANNA UND DER WIND

Die Windmühle Johanna auf der Elbinsel Wilhelmsburg war anders als die anderen. Sie lebte nicht vom Wind, sondern der Wind lebte von ihr. Stolz reckt sie seit 150 Jahren auf ihrem Deich das Haupt in die Höhe wie schon ihre Vorgängerinnen. Obwohl sie im Jahr 1960 das letzte Korn gemahlen hatte und danach viele Jahrzehnte außer Betrieb war. Nicht mal einen Namen hatte sie. Den bekam sie erst, als man sie 1998 als technisches Kulturdenkmal wieder instand setzte – von ihrer Taufpatin Johanna Sievers, der letzten Müllerin.

Das mit dem Stolz war nicht immer so gewesen. Das mit dem Wind auch nicht, ganz im Gegenteil … Sie hatte es so satt gehabt, manchmal tagelang auf Wind warten zu müssen und solange flügellahm in der Gegend herumzustehen. Schon damals, als sie noch regelmäßig Korn mahlte. »Na, wieder nix zu tun?«, hatten die frechen Schwalben ihr zugerufen, während sie im Zickzack zwischen ihren vier großen Flügeln hindurchschossen.

Ganz übel war es dann in den sechs Jahrzehnten gewesen, in denen sie komplett zum Stillstand verurteilt gewesen war, weil niemand sie haben wollte. »Tote Hose in der Luft, was?«, hatte der Storch gelästert, als er sich nebenan auf seinem Nest niederließ, in dem seine nimmersatte Brut nach ihm schrie.

»Moin, olle Windjammerliese!«, hatte eine zerzauste Saatkrähe gekrächzt. »Ich mach mir meinen Wind selber, guck mal.«

Oh, nee, nicht die schon wieder. Eingebildete Übelkrähe, dachte Johanna, während das Vieh sich in Kurven nach oben geschwungen und dann im Sturzflug auf den nahen Acker gestürzt hatte. Hätte Johanna gekonnt, sie hätte deprimiert die Flügel hängen lassen. Als wenig später auch noch eine Pusteblume vorbeiflog und fröhlich rief: »Du Arme, mir genügt schon ein Windhauch«, war Johanna vollends bedient. Beleidigt und verhöhnt zu werden, war schlimm genug. Das Schlimmste aber war, bedauert zu werden. Dieses Gefühl war es, das Johannas Kampfgeist weckte. Geheult hätte sie am liebsten: vor Wut! Weil sie zum Nichtstun verdammt war, während das gefiederte Pack mit seinen lächerlichen Flügelchen sich auch ohne Wind und ohne Müller munter durch die Lüfte schwang und freche Sprüche klopfte. Und nun auch noch eine Pusteblume. EINE PUSTEBLUME! Sonst schaute bei ihr nur ab und zu einer von der Stadt vorbei, um ihr Mahlwerk zu ölen, damit es nicht einrostete. Bis Johanna eines Nachts einen Traum hatte. Einen wunderbaren Traum:

Es war windstill, der Mond stand groß und rund über dem Wäldchen, das das Feld begrenzte, sogar die geschwätzigen Vögel hielten ausnahmsweise die Schnäbel. Plötzlich fühlte es sich an, als sei ein Blitz in ihr Innerstes gefahren! Johanna meinte sogar, ihn gesehen zu haben, den Blitz, wie er zwischen stumpfgelb und lila flackernd vom Himmel bis zu ihrem höchsten Flügelblatt zuckte. Der Effekt war unbeschreiblich. Als seien sie aus tiefstem Schlaf erwacht, setzten sich die Flügel in Bewegung. Langsam erst, dann immer schneller, bis sie sich rasend wie die Sitze eines Kettenkarussells um ihre Mitte drehten. Was für ein grandioses

Gefühl – sich den Wind selbst zu machen. Einfach herrlich. Phänomenal! Fast wäre Johanna vom Boden abgehoben wie ein Ufo und hätte sich selbst in die Lüfte geschwungen. Nie wieder wollte sie es hergeben, dieses fantastische Gefühl.

Als Johanna aus ihrem Glückstraum erwachte, ging ein Ruck durch sie und ein Donner fuhr ihr in die Glieder. Der Donnerschlag, auf den sie in ihrem Traum gewartet hatte und der nicht gekommen war. Johanna richtete sich zu ihrer vollen Größe auf. Es war, als sei sie über Nacht um fünf Meter gewachsen, als hätte der Traum ihr tatsächlich Flügel verliehen und eine ganz neue Energie. Tief atmete sie ein. Und aus. Immer wieder: ein – aus – ein – aus. Johanna pumpte sich Luft unter die Flügel und wurde zur Windmaschine. Stürme von ungeahnter Kraft entfesselte sie mit ihrem Atem. Die Bäume im Wäldchen bogen sich unter ihrem Gebläse und das dreiste Storchenpaar von nebenan musste sich quer über sein Nest und seine verängstigten Jungen legen, damit sie nicht allesamt davongeweht wurden.

Es war großartig, sein eigener Herr zu sein. Oder vielmehr: Herrin. Und fortan zu tun, was man wollte. Und wann man es

wollte. Wenn ihr danach war, quirlte Windmaschine Johanna auch Schnee, Hagel oder Graupel durch die Elbluft. Sogar im Sommer. Die Vögel kamen nicht mehr auf die Idee, sie mit gemeinen Sprüchen zu ärgern. Das spöttische Grinsen war ihnen vergangen, denn sobald sie nur den Schnabel aufrissen, bekamen sie Johannas neue Wehrhaftigkeit zu spüren. Aus dem Nichts schleuderte sie ihnen Graupelschauer um die gefiederten Ohren, blies Schneetreiben in ihre Augen und schickte Hagelkörner, dick wie Taubeneier, auf sie herab, wenn sie besonders sauer war.

In diesen Augenblicken war es Johanna, die ein fettes Grinsen im Gesicht trug. Niemand auf der Welt würde es ihr je wieder nehmen können. So ein Pusteblümchen schon gar nicht. Ein winziger Nieser von Johanna und das federleichte Etwas zerstob zu – nichts.

HEDI

PANDORA – Das VIEHrus

Wie eine Bombe platzte die Kugel in die Stadt. Vor langer, langer Zeit war das, im Jahr 2020. Rotzgesund war sie und besaß rundum leuchtend rote Wangen, die wie Stacheln auf ihrer Oberfläche saßen. Dazu strotzte sie vor Energie und Tatendrang und das war kein Wunder. Schließlich kam sie in Begleitung von Knut frisch erholt aus dem Skiurlaub in den österreichischen Alpen. Aus einem Ort mit »i« wie Igitt, wo sie tagsüber herrliche Fahrten in Gondeln und Sesselliften genossen hatte und abends ausgiebig das Nachtleben an den Schneebars, in der Disco und in den Clubs. Als sie genug hatte von der vielen frischen Luft und den Skihütten, vom Feiern und ihren zahlreichen neuen Bekannten, machte sie sich auf, um weitere Ecken der Welt zu erobern: Hamburg zum Beispiel, da war sie noch nie gewesen.

Sie hatte großes Glück, denn sie kam gerade noch raus aus dem Ort mit »i«, bevor die Österreicher ihn zusperrten, weil ein bösartiges Virus sich dort herumtreiben sollte. Die Kugel mit den roten Bäckchen hatte nichts davon bemerkt, ihr war das Virus-Biest nicht begegnet. Auch das war kein Wunder, denn man sagte, es sei unsichtbar.

Mit Bus und Bummelbahn gelangte die Kugel – ihr Name war Pandora – von Igitt, pardon, von den Bergen nach München. Ab da nahm sie einen bequemen ICE, sagte Tschüss zu Knut und hüpfte unterwegs fröhlich von Abteil zu Abteil und von Sitz zu

Sitz. Das war ein Spaß und es waren so viele nette Leute unterwegs! Aufgekratzt erreichte sie Hamburg, ließ sich am Hauptbahnhof in die S-Bahn fallen und schaute sich die Stadt an. Pandora war hin und weg. Voll prickelnder Erwartung reckte sie ihre vielen roten Backen in die Sonne. So eine schöne Stadt! Viel Wasser, viel Himmel (manchmal sogar blau), viel Grün, wenn erst einmal Frühling sein würde, und vor allem: so viele gastfreundliche Menschen, die sie mit offenen Armen empfingen. Zumindest glaubte Pandora das.

In Wahrheit lag der freundliche Empfang bloß daran, dass man sie weder sehen noch riechen konnte. Willkommen war sie keineswegs. Zu spüren bekam man sie bald trotzdem, denn Pandora war sehr kontaktfreudig. Obwohl Hamburger eher zurückhaltende Menschen sind, die anderen nicht auf die Pelle rücken, machte sie intensive Bekanntschaften. Sie ging tanzen auf der Reeperbahn und shoppen am Neuen Wall, sie fuhr mit der Barkasse durch den Hafen und besuchte die Leute bei der Arbeit in der Hafencity. Viele suchte sie auch daheim heim, in Winterhude, Altona oder Steilshoop.

Die Hamburger hatten keine Ahnung, was plötzlich mit ihnen los war. Auf einmal ging es ihnen schlecht, sie bekamen Husten und hohes Fieber. Viele mussten ins Krankenhaus, wo man sie an Schläuche hängte, an Maschinen anschloss und auf den Bauch rollte, weil sie andersherum keine Luft mehr kriegten. Manche von ihnen kamen nie mehr aus dem Krankenhaus heraus, jedenfalls nicht lebendig.

Langsam sprach es sich herum in der Stadt: Ein hundsgemeines bösartiges Virus machte die Gegend, das ganze Land, ja die ganze Welt unsicher. Bald traute sich niemand mehr, sein Zuhause zu verlassen, so sehr fürchtete man sich vor ihm.

Nur Pandora fürchtete sich nicht. Bis sie sich eines Tages im Spiegel eines großen Kaufhauses erblickte und kurz darauf – monströs vergrößert – auf Seite 1 im Hamburger Abendblatt. Sie lief dunkellila an vor Schreck. Eine Milliarde Euro Belohnung für die Ergreifung und Vernichtung dieses Übeltäters! stand da in leuchtend roten Lettern, so rot wie ihre Stachelbäckchen, neben dem Bild von ihr. Sie war gut getroffen auf dem Bild, das musste Pandora zugeben, aber ein Übeltäter? Sie? Offenbar hielt man sie auch noch für einen Kerl. Dabei war sie doch nur ein Winzling, der neugierig die Welt erkundete und keiner Fliege etwas zuleide tat.

Das mit den Fliegen stimmte. Denen tat sie nichts zuleide. Aber allen anderen und damit legte sie die gesamte Stadt lahm. Pandora war eine Katastrophe: Die S-Bahnen fuhren leer. Die Schulen waren geschlossen, die Spielplätze verboten, nicht nur für Hunde. Die Kinder langweilten sich so sehr, dass sie zur Abwechslung gern in die Schule gegangen wären. Plötzlich waren ihre Eltern ständig zu Hause, aber die wollten arbeiten statt spielen und so gingen die Kleinen und die Großen einander gewaltig auf die Nerven. Nicht einmal die Großeltern durfte man mehr besuchen. Daran mussten sich alle erst gewöhnen.

Nachdem sie den Fahndungsaufruf in der Zeitung gesehen hatte, las Pandora die Zeitung jeden Tag. Sie verfolgte die vielen Kurven, die darin abgebildet waren und schämte sich ein bisschen. Eines Tages war ein spindeldürrer Doktor mit dunklen Locken auf der Titelseite, den kannte sie vom Fernsehen, wo er seit einigen Wochen wohnte. Auf dem Foto stand er zwischen dem Hamburger Bürgermeister und der Bundeskanzlerin. »Wir werden es aushungern, das Virus«, sagte der Doktor mit erhobenem Zeigefinger – bei ihm klang es wie VIEHrus. »Und wir fangen gestern damit an.«

»Aushungern?« Pandoras Stimme überschlug sich fast. »Ohne mich, ihr Lieben! Mich kriegt ihr nicht. Ich zieh mir was anderes an und weg bin ich.« Sprach's, verwandelte ihre roten Wangen in grüne Herzchen und ward nie wieder in der Stadt gesehen.

HEDI

STADT DER TIERE
Animal Town

Irgendetwas war anders in der Stadt, von einem Tag auf den anderen. Es dauerte ein wenig, bis man darauf kam, was es war. Erst als die Bilder in der Zeitung erschienen, fiel es auf. Nicht auf den ersten Blick, aber auf den zweiten. Die irrsinnig dünne Erste Bürgermeisterin, von oben bis unten elegant in die Farbe Koralle gekleidet, stand meistens auf einem Bein und guckte ein wenig spitzmäulig aus ihrem Federkleid. Der Zweite Bürgermeister hatte stark zugenommen und trug über seinem gewaltigen Bauch statt Krawatte eine rosa schillernde Fliege. Ein bisschen weiter oben zierte ein Riesenschnauz seine Oberlippe wie einst beim letzten Kaiser des Landes. Einträchtig saßen die beiden am selben Schreibtisch. Auch das war sehr ungewöhnlich. Offensichtlich mochte keiner von ihnen, weder die spitzmäulige Flamingodame noch das schnauzbärtige Walross, allein sein in diesem anstrengenden Beruf, in dem beide Neulinge waren.

Dabei waren sie das gar nicht: allein. Neben ihnen saßen die Affen im Rathaus. Sie wuselten durch die holzvertäfelten Gänge, tuschelten hinter vorgehaltenen Akten und grinsten hämisch, wenn einer der Kollegen ins Stolpern kam auf dem Weg nach oben. Auch sonst war tierisch was los in der Stadt. In den Bücherhallen regierten die Leseratten, den Straßenverkehr regelten die Erdmännchen und in vielen Zeitungsredaktionen saßen die eingebildeten Maulwürfe und warfen mit Dreck. Alles funktionierte. Bloß im Hafen ging es drunter und drüber, denn dort hatten die Faultiere das Sagen. Allerdings sagten sie gar nichts. Sie hingen lieber den ganzen Tag schlaff in den Rahen und Masten der historischen Großsegler ab und schnarchten. Ergebnis: Die Kräne standen still, die Container blieben stehen und die Elbe versandete, weil außer den Wattwürmern keiner Lust hatte, sie auszubaggern. Das dauert natürlich, wenn Wattwürmer etwas ausbaggern. Von hoch oben sahen ihnen die Giraffen dabei zu, während sie mit ihren langen Zungen die Fenster der Elbphilharmonie putzten. Das dauert auch, weil es so viele sind. Fenster, nicht Zungen.

In den Straßen der Stadt herrschte Gewusel wie immer. Die Termiten machten eine Baustelle nach der anderen auf, ohne dass je eine fertig wurde, weil ihnen ständig die Erdmännchen in die Quere kamen. Die Pinguine rannten mit ihren wichtigen Aktenköfferchen durch die Gegend. Die Krokodil-, die Tiger- und die Rabenmütter zerrten ungeduldig ihre Jungen hinter sich her und in den Kitas streikten die Gottesanbeterinnen, die sonst auf die Kleinen aufpassten. Alles vollkommen normal eigentlich. Auch dass im Rathaus die Opposition immerzu dagegen war und man den Schweinehund, der rechts außen saß, ständig rausschmeißen musste, weil er so viel Blödsinn von sich gab.

Wenn alle genug gewuselt, gebuddelt und geschwafelt hatten, erholten sie sich an Elbe und Alster. Und in Hamburgs berühmtem Tierpark Hagenbeck, falls sie sich das Eintrittsgeld leisten konnten.

Auch dort hatte sich eine Menge verändert. Es wohnten andere Tiere als früher in den großen Freigehegen, den Tauchbecken, den Käfigen und Terrarien. Eigentlich konnte man sich nur wundern, dass die sich überhaupt jemand anschauen wollte, denn der, der sie erschaffen hatte, hatte sich nicht sonderlich viel Mühe gegeben. Die Viecher waren nichts Besonderes und konnten auch nichts Besonderes. Keines von ihnen besaß mehr als lächerliche zwei Beine, keines konnte fliegen, auf Bäumen wirkten sie (bis auf die Paradiesvögel aus Sankt Pauli) fehl am Platz und das Leben im und unter Wasser hielten sie nicht lange durch. Im Grunde waren die Neuen Langweiler und bei weitem nicht so farbenfroh und unterhaltsam wie die früheren Bewohner des Tierparks.

Manche waren so blass und grau, dass man Mühe hatte, sie überhaupt zu entdecken auf ihren Felsen, in ihren Sandkuhlen und vor den Höhlen. Zumal sie sich ungern bewegten. Nicht mal, wenn man ihnen eine Karotte oder Banane hinhielt. Nur mit Würstchen klappte es manchmal, jedenfalls bei den Männchen, von denen viele nicht mal Haare hatten. Auffällig an ihnen war nur, dass alle fast immer mürrisch oder böse guckten.

»Die sind langweilig«, sagte der kleine Elefant und zog seine Mama am Rüssel weiter. »Die machen gar nix.« Er schob seine Banane in den eigenen Mund. »Was sind das überhaupt für welche, Mama?«

»Mensch«, sagte die Mama. »Das sind Menschen. Seit ungefähr hundertzwanzigtausend Jahren lebt das Mensch auf unserer Erde; früher sah es allerdings nicht ganz so komisch aus wie heute. Anscheinend hat es immer noch nicht ausgeschlafen. Guck mal, die da …« Im ehemaligen Gehege der Riesenschildkröten lümmelten langhaarige Hippies, bei denen es ein bisschen seltsam roch. »Schau, da drüben bewegt sich tatsächlich was.« Im Steinbockgehege sprangen und kletterten Sportler in kreischbunten Klamotten von Fels zu Fels, wobei sie sehr angestrengt aussahen und gar nicht, als würde es ihnen Spaß machen.

»Die sind affig«, sagte der kleine Elefant. Am besten gefiel es ihm bei den Polizisten und den Verbrechern. Die saßen gemeinsam hinter Gittern und jagten und prügelten sich nach Herzenslust, wenn sie einander zu fassen kriegten oder wenn ihnen jemand ein Würstchen hinwarf.

Nur im Walrossbecken wirkte einer sehr zufrieden. Dort freute sich der ehemalige Bürgermeister darüber, entspannt abhängen zu dürfen und sich auf den großen glatten Felsen in der Sonne zu aalen. Ohne einen Haufen Mikrofone vor der Nase, ohne doofe Fragen beantworten zu müssen, dafür aber mit Cocktail in der Hand und einem dicken Schmöker: »Der König von Hamburg«. Er hatte plötzlich etwas, das er früher nie gehabt hatte: gaaanz viel Zeit, die er nach Belieben verplempern konnte. Und wenn ihn zu viele Besucher anstarrten, tauchte er einfach in seinem neuen Pool ab.

Um nichts in der Welt hätte er tauschen mögen mit dem armen Schwein, sorry, Walross, das nun zusammen mit Frau Flamingo im Rathaus an seinem Schreibtisch saß.

LEUCHTTURMGEDRÄNGEL

Plötzlich waren sie zu viert. Zwei von ihnen hielten die Füße ins Elbwasser, einer stand auf einem Berg und der längste von allen ragte neben dem Segelverein in den Himmel. Kurz: Seit Neuestem herrschte unglaubliches Gedrängel am Blankeneser Elbufer. Leuchtturmgedrängel.

Zwei der langen Stängel, Ulli und Bernd, taten seit Jahrzehnten dort Dienst und gehörten zum Dorf wie der spitze Kirchturm neben dem Marktplatz. Die beiden anderen waren neu. So funkelnagelneu, dass ihre rot-weißen Ringel sogar noch im Regen funkelten, während das Ringelhemd der beiden alten so verblichen war, dass es selbst bei Sonne nicht mehr viel hermachte. Noch eine Spur bleicher waren die zwei geworden, als sie begriffen, was da neben ihnen in die Höhe wuchs. Zuerst hatten sie das Ganze für normale Baustellen gehalten, wie sie überall in Hamburg nerven. Komisch bloß, dass sie so dicht am Wasser lagen, eine sogar mittendrin. Als jedoch dieser Riesenkran anrollte, dem wenig später gewaltige rote und weiße Röhren folgten, war alles klar. Sie bekamen Konkurrenz: größer, eleganter, moderner und, was das Schlimmste war: ohne Respekt vor dem Alter.

»Hey, was soll das?«, blinkten Ulli und Bernd empört Richtung Hamburg an die Behörde, die über den Hafen bestimmt. »Habt ihr sie noch alle?«

»Sorry, Rückbau«, schallte es zurück, »ihr seid zu klein geworden. Wir verlegen die Fahrrinne, dafür steht ihr leider an der falschen Stelle.«

Falsche Stelle?! Zu klein?! Hatten die keine Augen im Kopf in ihrer Behörde? Ulli und Bernd waren die höchsten Türme weit und breit! Über 40 Meter hoch! Und Ulli stand sogar auf einem Hügel, dem Kanonenberg. Der rote Ringel um seinen Bauch fing vor Ärger an zu rotieren. Eine dicke Kanone hätte er sich jetzt gewünscht, um die Jungs und Deerns in der Behörde aufzuwecken. Es war einfach nicht fair. Nichts hatten Bernd und er sich vorzuwerfen, nicht das Geringste. Seit über 35 Jahren funktionierten sie zuverlässig, Tag und Nacht, bei Wind und Wetter, bei Niedrigwasser und Sturmflut. Wenn doch mal ein Schiff im Schlick festgesessen hatte, auf dem Weg in den Hafen oder wieder raus, dann war es der Kapitän gewesen, der geschlafen oder zu tief ins Glas geschaut hatte.

Nicht mal einer ihrer Ringel war in den vielen Jahren verrutscht. Selbst über die ewige Möwenkacke auf der Mütze und die Graffitischmierereien um den Bauch, die keiner wegwischte, hatten sie großzügig hinweggesehen. Und nun sollten sie zur Belohnung wegen der zwei Neuen zum alten Eisen gehören, am Ende gar verschrottet werden?

Richtig übel wurde ihnen, wenn sie daran dachten. Ulli und Bernd bekamen eine Ahnung davon, wie sich Herbert einst gefühlt haben musste, der kleine grüne Leuchtturm, den sie mit ihrem ständigen Spott von der Elbinsel gegenüber vergrault hatten. Mies musste er sich gefühlt haben in seiner hölzernen Haut. Sehr mies. Vielleicht war die Haut überhaupt nur ihretwegen grün geworden, bevor Herbert eines Nachts abgehauen war. Mobbing nannte man so etwas auf Neudeutsch. Ulli und Bernd schämten sich rückwirkend ein bisschen, aber nicht so sehr, dass sie knallrot geworden wären.

Die neuen Leuchttürme jedenfalls mobbten niemanden. Das hatten sie nicht nötig, denn sie wussten um ihre herausragende Stellung. Einen von ihnen sah man schon, wenn man die Straße zur Elbe hinunterfuhr, die sich zwischen Stockrosen und Feigenbäumen durchs Treppenviertel schlängelte. Der andere war angeblich gar der höchste Leuchtturm des Landes. Ulli und Bernd fühlten sich im Stich gelassen. Nicht mal auf die sonst so kritischen Blankeneser konnte man sich verlassen. Wie immer waren die zuerst dagegen gewesen – so wie damals bei ihnen selbst – doch plötzlich fanden sie sie ganz großartig, ihre modernen Leuchttürme. In Scharen pilgerten sie ans Wasser, um sie zu bewundern, mancher mit Fernglas und Kamera bewaffnet. Nach den alten Türmen drehten sie sich nicht einmal mehr um.

»Treuloses Pack«, sagte Ulli zu Bernd und bekam fast einen Kurzschluss vor Wut.

»Die haben uns gar nicht verdient!«, knurrte Bernd. »Hey, Lulatsch, zwei von uns sind hier zu viel«, rief er zu den Neuen hinüber.

»Stimmt«, grinste der längere der beiden, »und die zwei seid ihr. Sieh's ein, Kleiner, wir haben einfach die besseren Karten.«

»Kleiner?« Bernd wäre fast vom Sockel gesprungen. »Ich hab einen Ringel mehr als dein stummeliger Kumpel da«, empörte er sich. »Außerdem ist das hier kein Poker-Spiel. Und du bist kein Ass.«

»Dass du dich da man nicht täuschst«, erwiderte der Lange unbeeindruckt. »Jedenfalls solltet ihr euch warm anziehen in nächster Zeit.«

»Denen werden wir's zeigen«, beschlossen die altgedienten Leuchttürme. Mit »denen« meinten sie nicht nur ihre hochmütigen Nachfolger, sondern vor allem die Blankeneser, das »treulose Pack«. Sie hatten auch schon eine Idee.

In der Nacht, bevor die Neuen in Betrieb gingen und Ulli-Bernd ihren Elbschiffen ein letztes Mal heimleuchten sollten, schalteten sie auf Chaos. Chaos total.

Stundenlang ließen sie ihre Richtfeuer an den Türmen auf und abwandern und Unsinn zusammenblinken, bis das Irrgelichter Wirkung zeigte: Mehrere Schiffe verloren den Überblick und wussten nicht mehr, wo's langging. Ein großes Kreuzfahrtschiff demolierte den Blankeneser Fähranleger, indem es dessen Namen »Op'n Bulln« wörtlich nahm und ihn übermangelte. Es schob sich den teuersten Hügel der Stadt hinauf und blieb hochkant stecken wie seinerzeit die Titanic, bevor sie auseinanderbrach. Einen prima Elbblick hatten die Kreuzfahrer von dort oben. Aber das war noch nicht alles. Ein Frachtschiff mit Kohle an Bord sank vor der Hafeneinfahrt des Blankeneser Segelvereins und färbte das Wasser pechschwarz. Und dann lief auch noch ein Containerriese aus dem Ruder und rammte dem piekfeinen neuen Leuchtturm vorm Hirschpark einen schrottigen grünen Container in den Bauch.

Für lange, lange Zeit blieb die Elbe vor Blankenese unpassierbar. Im Hamburger Hafen lief nichts mehr. Die neuen Leuchttürme guckten dumm aus der Wäsche. Sie hatten nichts zu tun, standen unnütz in der Gegend herum und einer von ihnen beklagte ein viereckiges Loch und jede Menge grüner Kratzer im Bauch. Die alten Türme aber entkamen dem Abriss auf ihre Weise. Mit einem beherzten Satz sprangen sie Hand in Hand in die Elbe und gucken seither frech aus den Fluten. Wie groß die beiden wirklich waren, sieht man daran, dass sie nicht mal bei Sturmflut richtig unter Wasser sind.

VON PFEFFERSÄCKEN UND SCHUMMELBURGERN

»Hey, Kumpel«, sagte der eine Pfeffersack zum anderen, der zusammengesackt an einem dicken Balken in der Hamburger Speicherstadt lehnte. »Du siehst so schlapp aus. Wo kommst du denn her?«

»Ostindien. Und glaub nicht, dass du weniger zerknautscht auf deinem Bodenbrett sitzt als ich.«

»Tu ich *doch*«, entgegnete der erste Sack angriffslustig und straffte sich. »Wir Jungs aus Afrika lassen uns nicht hängen, auch wenn wir mehrere tausend Seemeilen unter Deck hinter uns haben, gequetscht wie die Sardinen.«

»Angeber«, raunzte Sack 2, schloss die Augen und fing zum Schein an, geräuschvoll zu schnarchen. Der Kerl auf der anderen Seite des schmalen Durchgangs sollte bloß die Klappe halten. Die Überfahrt aus Ostindien mit einer Horde gefräßiger Ratten als Gesellschaft hatte ihm gereicht. Er war froh, dass er das überlebt hatte. Ein Loch hatten die Biester ihm in einen seiner Zipfel gefressen, rechts oben zum Glück und nicht unten, wo die Curryschoten wie fallende Blätter aus ihm rausgerieselt wären. Aber eigentlich war es ihm egal, ob er nun randvoll in diesem Hamburg, oder wie das hieß, ankam oder leer. Er selbst hatte nichts davon. Wer ganz anderes hatte was davon und dieses geldgierige Pack konnte ihm gestohlen bleiben.

Die beiden Pfeffersäcke befanden sich in einem riesigen düsteren Gewürzlager auf dem 5. Boden, so heißen die Stockwerke der Speicherstadt, wo exotische Düfte durcheinanderwabern. Obwohl die Säcke mit unterschiedlichen Gewürzen gefüllt waren – von Curry bis Kurkuma, von Anis bis Paprika – nannte man sie alle »Pfeffersäcke«, egal woher einer kam und was er im Bauch hatte. Die Pfeffersäcke gehörten den Hamburger Kaufleuten und waren eine Art Schatz. Mit großen Frachtenseglern hatten die Händler sie von Afrika und Ceylon, aus Indien und Ozeanien nach Hamburg schaffen lassen, wo sie ordentlich Geld an ihnen verdienen wollten. Das klappte auch bestens, denn schon vor hundert Jahren waren die Menschen in Europa ganz wild auf die exotischen Genüsse aus fernen Ländern. Nicht nur Gewürze landeten in Hamburg an, sondern auch Tabak, Palmöl, Zuckerrohr sowie Kakao- und Kaffeebohnen, die in der Stadt weiterverarbeitet wurden. Die Hamburger Händler und Kaufleute wurden reicher und reicher damit und irgendwann machten sich die weniger wohlhabenden Bewohner der Stadt über sie lustig, indem sie ihnen das abschätzige Etikett »Pfeffersack« anklebten.

Die einheimischen »Pfeffersäcke«, die auf zwei Beinen, waren immer Schlitzohren gewesen. Das heißt, sie waren mit allen Wassern gewaschen, wenn es um geschäftliche Angelegenheiten ging – zum Wohle der Stadt und besonders zu ihrem eigenen.

Um geschäftliche Dinge geht es in Hamburg meistens und so schreckte man auch vor Schummeleien und dem ganz großen Betrug nicht zurück. Den bekamen vor 500 Jahren, als es die Speicherstadt noch nicht gab, die Nachbarn in Harburg zu spüren.

Die lebten südlich von Hamburg auf der anderen Elbseite und haben heute noch daran zu knabbern, wie übel ihnen von den Hamburgern mitgespielt wurde.

Seinerzeit besaß Harburg einen ebenso großen Hafen wie Hamburg und er hatte später sogar den Vorteil, dass er durch eine Schleuse unabhängig von Ebbe und Flut war. Die Schiffe konnten ihn also jederzeit anlaufen. Harburgs Hafen lag an der Süderelbe, der Hamburger Hafen an der Norderelbe, denn die Elbe ist durch eine große Insel namens Wilhelmsburg geteilt. Auf einer Landkarte betrachtet, fließt die Norderelbe oben-, die Süderelbe unten um die Insel herum. Obwohl die Süderelbe breiter war als die im Norden, zwangen die Hamburger die Elbschiffe dazu, den Weg über ihre (Norder)Elbe und damit ihren Hafen zu nehmen. So konnten sie frech die gewinnträchtigen Schiffszölle alleine kassieren, die jedes Schiff bezahlen musste.

Irgendwann reichte es den Harburgern. Zusammen mit drei anderen Städten, die an Nebenflüssen der Elbe lagen, klagten sie vorm Reichsgericht gegen die Hamburger Freibeuter. Doch die griffen zu einem Trick: Sie ließen eine Karte der Elbe anfertigen,

auf der ihre Norderelbe breiter dargestellt war als die Süderelbe der Harburger, obwohl es in Wirklichkeit andersherum war. Die Leute vom Reichsgericht fielen auf den unfeinen Trick herein und fortan durften die Hamburger offiziell alleine die Schiffszölle einstreichen. Sie verbreiterten die Norderelbe und bauten den Hafen weiter aus, bis die Süderelbe langsamer floss und allmählich versandete. Mit dem Harburger Hafen, im 19. Jahrhundert einer der modernsten in Europa, ging es bergab. Heute wirkt er wie das arme, kleine Brüderchen des Hamburger Hafens.

Und genau so fühlen sich die Harburger noch immer, obwohl sie seit über 80 Jahren zur Stadt Hamburg gehören.

Der Begriff »Pfeffersack« jedenfalls blieb bis heute an den wohlhabenden Hamburgern kleben. Deshalb möchte so mancher echte Sack aus der Speicherstadt nichts mit ihnen zu schaffen haben.

3000
FUTUR

HERZ ENTGLEIST

Fast hätte er nie von ihr erfahren. Dann wäre ihr Leben im Miniatur Wunderland in der Hamburger Speicherstadt anders verlaufen. Öde nämlich, zum Verzweifeln öde. Doch in der Millisekunde, in der der Ultra-Rapid Futur 3000 geräuschlos auf seiner eigenen Trasse an ihr vorbeipreschte, hatte Molly ihr rundes rußgeschwärztes Gesicht zum Tor hinausgestreckt und in die Sonne geblinzelt. Sie musste dringend mal raus aus dem engen Museumsschuppen, frische Luft schnappen. Die Angebereien der anderen Loks, der Stahlrösser, wie sie sich selbst nannten, waren einfach nicht mehr auszuhalten. Und dass diese Ungetüme sie als Bimmelbähnchen belächelten, erst recht nicht.

Eine dicke Träne kullerte Molly aus dem linken Scheinwerfer und sie fing so sehr zu schluchzen an, dass ihr altmodischer Kohlentender wackelte und die paar Kohlen darin rasselten wie ein trockener Husten. Genau in diesem Augenblick raste, kometengleich, der Ultra-Rapid Futur 3000 an ihr vorbei, der Superzug fürs übernächste Jahrzehnt. Mollys Träne bemerkte er wie durch ein Wunder trotzdem. Und dass sie die knuffigste kleine Lok war, die er je gesehen hatte, auch. Dieser niedliche schwarze Kohlentender, den die Kleine auf dem Rücken trug! Und die großen runden Kulleraugen! Dem Futur 3000 blieb vor Entzücken fast das ultramoderne Computerherz stehen.

Molly hatte ihn nicht gesehen. Erstens, weil er so schnell war,

dass sie nur einen Luftzug spürte. Zweitens, weil vor lauter Tränen alles vor ihren Augen verschwamm. Der Alters- und Technikunterschied zwischen den beiden war beträchtlich. Molly stammte aus der Vergangenheit, der Ultra-Rapid fuhr in die Zukunft. Und zwar so schnell, dass selbst die Besucher im Wunderland ihn nicht sehen konnten, wenn er an ihnen vorbeizischte, um im nächsten Tunnel zu verschwinden. Einen Wimpernschlag lang glaubten sie jedes Mal, sie hätten ein Staubkorn im Auge.

Alle fünfzehn Minuten rauschte Futur 3000 an Mollys Museumsschuppen vorbei, doch seit er sie erblickt hatte, fuhr er an dieser Stelle in jeder Runde einen Tick langsamer. Wochenlang ging das so, bis er schließlich eine ganze Sekunde Verspätung hatte und die Leute, die über das Computerherz des Wunderlands wachten, zu rätseln begannen. Was war los mit seinem Programm? Hatte er sich ein Computervirus eingefangen? Hatte ein Besucher etwas auf die Ultra-Rapid-Trasse fallen lassen? Einen Krümel, ein Haar oder gar einen Popel?

Die schleichende Verlangsamung drohte alles aus dem Takt zu bringen und das durfte auf keinen Fall passieren. Tagelang checkte man alles bis ins Kleinste durch, putzte sogar die gesamte Hochgeschwindigkeitsstrecke mit drei Sorten Desinfektionsmittel. Ergebnis: nichts. Alles war in bester Ordnung. Alles außer dem verliebten Herzen von Futur 3000, von dem die Computerleute nichts ahnten. Sie ahnten auch nicht, dass ein solchermaßen geschädigtes Herz von jetzt auf gleich entgleisen konnte. Bis genau das geschah: Eines Tages hielt Futur 3000 es nicht mehr aus und zog wild entschlossen seine eigene Notbremse. Fünf Meter vor Molly kam er Funken sprühend zum Stehen.

Molly machte vor Schreck einen Satz und blickte direkt in seine schrägen Schlitzaugen. Also hatte sie sich doch nicht getäuscht. Der Luftzug alle fünfzehn Minuten … Mehrmals am Tag flog offenbar diese Rakete auf Schienen an ihr vorbei, die so ganz anders aussah als die Machos aus der Eisenbahnsteinzeit in ihrem Schuppen. Anders auch als die übrigen tausend Züge, die auf 16.000 Metern Gleis durchs Wunderland rasten, schnauften und rumpelten. Diese eleganten roten Linien auf seiner silbernen Außenhaut! Dieser Glanz in den Augen wie nicht von dieser Welt! Das verwegene Lächeln, mit dem er sie anschaute …! Es funkte sofort. Die Zeit stand so still zwischen ihnen, dass Vergangenheit und Zukunft sich problemlos verknoten konnten. Mollys gebeuteltes Herz flog dem Futur 3000 zu, als hätte es selbst einen Raketenantrieb. Und nicht nur Mollys Herz. Die ganze Molly flog hinterher und er empfing sie mit offenen Armen.

Sie nahm in seinem Steuerstand Platz. Das war kein Problem, denn der Superzug funktionierte vollautomatisch-digital-elektronisch und benötigte nicht einmal einen Lokführer. Mit Molly an

Bord startete der Futur 3000 selbsttätig neu und fuhr ab da wieder auf die tausendstel Sekunde pünktlich. Molly aber erkannte zum ersten Mal, wo sie ihr Dasein verbracht hatte: Das Wunderland war die größte Modelleisenbahnanlage der Welt! Während sie ahnungslos mit einem Haufen überheblicher Stahlrösser in einem ollen Schuppen festgesessen hatte, tobte um sie herum das Leben. Mollys Kulleraugen gewöhnten sich rasch an die Geschwindigkeit, die sie von innen gar nicht wahrnahm. Vorbei an den Hamburger Bahnhöfen Dammtor und Hauptbahnhof ging die rasende Fahrt mitten durch die Stadt. Molly hatte keine Ahnung gehabt, wie groß sie war und dass sogar Schiffe in ihr fuhren. Raus nach Knuffingen mit seinem beeindruckenden Flughafen flitzten sie durch Gebirge mit einem Labyrinth aus Tunneln und Gleisen. Sogar durch einen Canyon mit schroffen rotbraunen Wänden tauchten sie einmal am Tag – bis Molly jeden Winkel des Wunderlands kannte.

»Duhu«, sagte sie eines Nachts atemlos zu ihrem Gefährten. »Es ist sooo voll hier. Mir ist ganz schwindelig von den vielen Leuten und Lichtern. Können wir nicht woandershin? Wo weniger los ist?« Verblüfft hätte der Futur 3000 fast wieder die Notbremse betätigt. Woandershin!? Molly wollte woandershin, obwohl sie kaum eine Woche mit ihm unterwegs war? Seine Ultrahochgeschwindigkeitstrasse zu verlassen, wäre ihm niemals eingefallen. Doch je länger er sich mit dem Gedanken beschäftigte, desto verlockender erschien er ihm. Nachdenklich drehte er noch ein paar Runden, dann hatte er eine Idee: »Lass uns nach Alaska gehen«, sagte er, »da soll es ziemlich einsam sein.« Unternehmungslustig zwinkerte er mit dem rechten Scheinwerfer.

»Alaska? Aber das ist doch noch gar nicht gebaut!« Molly guckte ängstlich.

»Eben«, erklärte der Futur 3000, »jede Menge Platz da. Wir fahren einfach schon mal vor. Kein Problem für mein Navi. Achtung, festhalten …«, rief er noch. Dann nahm er Anlauf und gemeinsam hoben sie ab in die Zukunft.

Im Miniatur Wunderland sah man die beiden nie wieder. Auf der ehemaligen Route des Zukunftszugs fährt nun ein gewöhnlicher ICE. Und Alaska ist noch immer nicht gebaut.

SCHLITTSCHUH AUF DEM SCHWANENSEE

»Moin, Chef!« Albert, der größte Schwan auf der Alster, legte neben dem Steg eine tollpatschige Landung hin. Er konnte gerade noch bremsen, bevor er das Boot von Schwanenvater Nieß rammte. »Gibt'n Problem«, stieß er hervor.

»Problem?« Der Schwanenvater der Stadt Hamburg, der sich traditionell um das Wohlergehen der 120 Alsterschwäne kümmert, vertäute sein Boot am Steg.

»Mit unserem Umzug im November«, sagte Albert. Jeden Herbst im November nämlich zogen die Alsterschwäne auf den Eppendorfer Mühlenteich um. Mit einer Unterwasserwärmepumpe wurde ein Teil davon für die Schwäne eisfrei gehalten, damit sie komfortabel überwintern konnten.

»Mach dir keine Sorgen, Albert«, lachte Nieß. »Das mit dem Mühlenteich geht klar, ist alles schon geregelt. Die Wassertaxis sind bestellt.«

»Die Dinger sind ja gerade das Problem«, seufzte Albert. Schwanenvater Nieß legte den Kopf schief und blickte ihn fragend an. So sorgenvoll kannte er Albert gar nicht.

»Wollt ihr lieber auf dem Landweg zum Mühlenteich ins Winterlager gebracht werden? Womöglich noch per Pferdekutsche?«, feixte er. »Sind meine blauen Bötchen euch nicht mehr gut genug?«

»Ach Quatsch, das verstehst du völlig falsch.« Verlegen wand

Albert seinen langen weißen Hals. »Ganz im Gegenteil. Eher würden wir laufen.«

»Kapier ich nicht«, sagte der Schwanenvater. »Kannst du ’nen Tick deutlicher werden?« Langsam verlor er die Geduld mit seinem Lieblingsschwan.

»Es geht nicht um deine Boote, es geht darum, dass wir überhaupt ein eigenes Winterlager kriegen. Und dass wir hingefahren werden statt selbst zu schwimmen. Oder zu fliegen«, erklärte Albert. »Und dann schaut auch noch halb Hamburg dabei zu.«

»Wie, halb Hamburg schaut zu?«

»Na, jedes Mal sind doch Bilder in der Zeitung. Im Fernsehen bringen sie uns auch und an den Ufern stehen die Leute und fotografieren. Es ist uns, ehrlich gesagt, peinlich, kutschiert zu werden wie eine Horde Kita-Kinder im Bollerwagen.«

»Wieso das denn plötzlich? Die Hamburger lieben das Spektakel. Und euch.« Schwanenvater Nieß kratzte sich am Kopf. »Außerdem machen wir das seit Jahrzehnten so und bisher war es nie ein Problem. Im Gegenteil: Wie die Prinzessinnen habt ihr auf eurem Bett aus Holzwolle in den Kähnen gesessen und hoheitsvoll über die Alster geschaut.«

»Die Hamburger sind ja auch okay.« Albert guckte trotzig. »Aber hast du schon mal das Wort ›Mobbing‹ gehört? Bisher haben wir nie was gesagt, aber so schlimm wie diesmal war’s auch noch nie.«

»Mobbing auf der Alster?« Jetzt war Schwanenvater Nieß doch verblüfft.

»Ja! Seit neuestem rotten sich die Enten, Gänse und Möwen zusammen und machen gemeinsam Front gegen uns. Die Tauben fangen auch schon damit an. Die Lästermäuler ziehen über uns her, als würden sie dafür bezahlt. Nicht auszuhalten ist das. Ich denke schon darüber nach, mit der gesamten Sippe auszuwandern.«

Schwanenvater Nieß guckte alarmiert. »Auswandern? Ihr alle? Albert, das geht nicht! Ihr seid ein Wahrzeichen Hamburgs, seit fast 400 Jahren. Der Legende nach geht es der Stadt gut, solange es euch gut geht.«

»Dann frag mal die Stadt, wie's ihr geht! Wir jedenfalls fühlen uns besch…« Fast wäre Albert eine Träne aus dem Augenwinkel geplumpst, er konnte sich gerade noch beherrschen. »Willste mal hören? Radio Entenhausen?« Er holte tief Luft: »›Na, ihr Warmduscher, geht's bald wieder in eure klimatisierte Badewanne?‹, mokieren sich die Entenbiester. ›Schöner Wohnen, oder wie?‹« Albert schluckte. »Und die Möwen erst: ›Los, los‹, haben sie neulich über die gesamte Alster gekreischt, ›lange Unterhosen stricken! Der Winter steht vor der Tür.‹« Alberts Hals lief rosa an, als wollte er sich in einen Flamingo verwandeln. »Am schlimmsten sind die Graugänse. Den lieben langen Tag machen sie sich über uns lustig. ›Also, Eppendorfer Mühlenteich hin oder her, aber so 'ne Popoheizung wär nix für mich‹«, äffte Albert die blöde Gans nach, die ihm gerade im Eilbekkanal über den Weg geschwommen war. »›Da würd ich mir glatt den Hintern verbrennen und heiße Hämbörger kacken.‹«

Bekümmert ließ Albert seinen langen Hals über die Kante in Schwanenvater Nießens Boot hängen. »Das ist doch echt das Letzte, Olaf, oder? Meine Frau Odette kann das Wort Popoheizung nicht mehr hören. Außerdem wüsste sie tatsächlich gern mal, wie sich das Eis unterm Popo anfühlt, von dem alle anderen immer reden.« Albert verzog den Schnabel. »Sie träumt vom Schlittschuhlaufen, weißt du. Schon seit Jahren.«

»O je«, sagte der Schwanenvater. »›Ne nörgelige Frau zuhause und dazu Nachbarn, die rumstänkern. Das ist wirklich die Pest. Kann dich gut verstehen, Albert.« Er tätschelte dem größten Schwan im Revier den Kopf. Der Schwanenvater war der Einzige, von dem Albert sich das gefallen ließ – und auch nur, wenn keiner sie beobachtete. »Richte deinem Schwanenvolk aus, sie sollen sich nicht kirre machen lassen von den geflügelten Nervensägen«, sagte der Schwanenvater. »Die sind bloß neidisch. Weil ihr das lebendigste Wahrzeichen der Stadt seid und sogar vom Gesetz geschützt.« Das war nicht übertrieben. Im Jahr 1664 hatte der Senat der Freien und Hansestadt Hamburg die Alsterschwäne unter besonderen Schutz gestellt. Und seit 1674 gibt es den Schwanenvater, sozusagen den ältesten Beamten der Stadt. »Es ist bei Strafe verboten, euch ein Leid zuzufügen oder euch zu beleidigen«, fügte Nieß hinzu.

»Sag das den Enten«, erwiderte Albert. »Die Viecher reißen die Klappe auf, dass man meinen könnte, sie wären Airbusse von drüben aus Finkenwerder.« Seine Augen funkelten und flügelschlagend plusterte er sich auf, bis er doppelt so groß schien wie zuvor. »Der nächsten Gans, die uns dumm kommt, dreh ich persönlich den Hals um, das sag ich dir.«

»Tu das, wenn du dich dann besser fühlst«, seufzte Schwanenvater Nieß, obwohl er eigentlich gegen Gewalt war. Aber seine Alsterschwäne waren ihm heilig.

Ende November zogen seine Schützlinge unter dem Applaus der Hamburger – und dem verächtlichen Geschnatter der anderen Vögel – wie gehabt in ihren Mühlenteich. Als es im Januar plötzlich eisig wurde im Norden und in der Stadt, kam eines Nachts ihr Schwanenvater vorbei, unter dem Arm zwei Paar kleine Schlittschuhe, deren silberne Kufen im Mondlicht glänzten. Verschwörerisch öffnete er Albert und Odette das Gattertor für ein nächtliches Alstervergnügen. »Aber bis morgen früh seid ihr wieder zurück!«, gab er ihnen mit auf den Weg.

»Geht klar, Chef.« Alberts Augen leuchteten. Am liebsten wäre er Olaf um den Hals gefallen, aber der war einfach zu kurz.

Begeistert schlitterte und taumelte das Schwanenpaar los, im Gefolge die komplette Schwanentruppe, die es sich nicht hatte nehmen lassen, bei diesem Ereignis dabei zu sein. Ohne auf den Protest ihres Schwanenvaters zu achten, drängte sich die Meute in einem wilden Knäuel an ihm vorbei durchs Gatter. Sie sollten es nicht bereuen. Im Mondenschein tanzten Albert und Odette auf der zugefrorenen Alster den Pas de deux aus Tschaikowskis Schwanenseeballett. Albert fühlte sich wie im Märchen und seine Liebste wurde zur ersten gefiederten Primaballerina der Stadt, während um sie herum die übrigen Schwanenpaare ihre eisigen Pirouetten drehten.

Pünktlich um Sechs am nächsten Morgen waren alle wieder zurück auf dem Mühlenteich. Hamburgs Enten, Möwen, Graugänse und auch die Tauben konnten sich nur verblüfft die Augen reiben. Und hielten fortan für alle Zeiten ihre frechen Schnäbel.

TELEMICHEL-COUNTDOWN

ZEHN –
Ihr könnt mich alle mal! Und zwar bald.
Sehr bald. Dann bin ich nämlich weg, aber nicht so wie ihr denkt. Seit fast 55 Jahren stehe ich hier herum, schaue in die Ferne und langweile mich zu Tode. Am Anfang war's noch ganz spannend, denn ich tat als Sendemast Dienst und habe auf Lang- und Kurzwelle alle möglichen und unmöglichen Fernseh- und Radiosendungen in Hamburg ausgestrahlt. Deshalb bin ich auch so hoch: 279,2 Meter. Damit nichts im Weg steht, wenn ich sende. Aber seit einer Weile läuft alles digital und mich braucht man dafür nicht mehr. Eigentlich bin ich froh darüber, denn die Fernsehprogramme sind nicht besser geworden mit den Jahren und so muss ich mir den Kram nicht mehr antun.

NEUN –
Nicht so lustig finde ich, dass ihr auch meine Kanzel mit dem Drehrestaurant geschlossen habt. Weil giftiges Asbest darin verbaut war. Meine Güte, wie kann man so empfindlich sein! Sooo schlimm ist das nun auch nicht. Wenn ihr wüsstet, was ich im Keller noch an Überraschungen beherberge! Das bisschen Gift da oben ist ein Klacks dagegen. Nach der Kanzel war die Nummer mit dem Bungee-Jumping dran. Wer meinen Rundumblick von oben genießen wollte, musste an einem Gummiband runtersprin-

gen. Von unten sah's aus, als hätte ich mir an diesen Verrückten den Magen verdorben und würde sie auf die Straße spucken. Dabei hatte ich nichts damit zu tun, ich war bloß das Sprungbrett.

ACHT –

Tja, und seitdem alle wieder heil unten angekommen sind, kann sich die Stadt nicht mit sich selbst einigen, was sie aus mir machen will. Böse Zungen behaupten, das sei auch nicht nötig, denn bald würde ich aus Altersschwäche von allein zusammenbrechen. Frechheit! Von selbst einknicken kommt nicht in Frage. Im Gegenteil: Über mich hinauswachsen werde ich, das seht ihr gleich. Einer hatte noch die Idee mit dem Hotel. Eine Art Mantel aus Beton sollte ich kriegen, mit Löchern drin für die Fenster. Leute! Wie eine löchrige Salatgurke hätte ich ausgesehen. Die Idee hat sich aber schnell erledigt; natürlich gab's wieder Gemecker.

SIEBEN –

Dabei können sie mit mir gar nicht machen, was sie wollen. Ich steh nämlich unter Denkmalschutz. Obwohl ich den nicht brauche, denn ich hab ein Geheimnis tief im Sockel. Ein spektakuläres Geheimnis, das keiner kennt außer den Ratten. Denen und meinem unterirdischen Geheimnis habe ich es zu verdanken, dass mir das Hin und Her über der Erde egal sein kann. Total schnuppe, Sternschnuppe sozusagen. Ihr könnt mir nämlich nix. Weil ich jederzeit verschwinden kann, wenn's mir zu bunt wird. Und jetzt wird es mir zu bunt. In sechs Sekunden, um genau zu sein.

SECHS –

In sechs Sekunden fahr ich meine Antriebsdüsen aus. Klappe meine beiden Plattformen ein und zünde Stufe 1. Was Heinrich wohl dazu sagen würde? Von dem hab ich meinen richtigen Namen: Heinrich-Hertz-Turm. Das blöde *Telemichel* haben mir die Hamburger verpasst, ein Kirchen-Michel reichte ihnen wohl nicht. Mein Heinrich war ein weltberühmter Physiker aus Hamburg. Vor 125 Jahren hat er als erster Erdling das mit den elektromagnetischen Wellen entdeckt.

FÜNF –

Eben jenen Wellen, die ich später zum Aussenden der Fernsehprogramme verwendet habe. Machte schon Sinn, mich nach ihm zu benennen. Die Frequenzen, auf denen ich sendete, heißen auch wie er: Hertz – und das auf der ganzen Erde. Jetzt brauche ich sie für den Funkverkehr mit meiner Raumstation. Denn ich muss gucken, dass die Luft rein ist und meinem Raketenstart nichts im Weg steht.

VIER –

Astronauten? Klar hab ich die an Bord. Es sind die Ratten, die in Wirklichkeit die Welt regieren. Wie, das wusstet ihr nicht? Tja, gegen Nichtwissen hilft Bücher lesen; kann ich nur empfehlen. Da steht seit Jahren alles drin: Die Ratten sind nicht eure Versuchstiere. Die Versuchstiere seid ihr selbst und eure schöne Erde ist ein einziges Testlabor.

DREI –
Leider habt ihr sie nicht verdient. Ihr richtet zu viel Chaos an in der Welt, nicht nur in Hamburg. Weil ihr zu dumm seid, sagen die Ratten. Zu dumm und zu viele, keine gute Mischung. Deshalb verlassen wir euch und suchen uns einen intelligenteren Planeten.

ZWEI –
In Hamburg sagt man Tschüss! Macht's gut, ihr Chaoten. Ich hoffe, ihr werdet mich vermissen. Aber bald kommt ja der großkotzige Elbtower, auch wenn der mir nicht das Wasser …

EINS –
… reichen kann. 2026 soll er fertig sein. Da bin ich längst hinter der Milchstraße.

WRRRROOOUUUMMM …

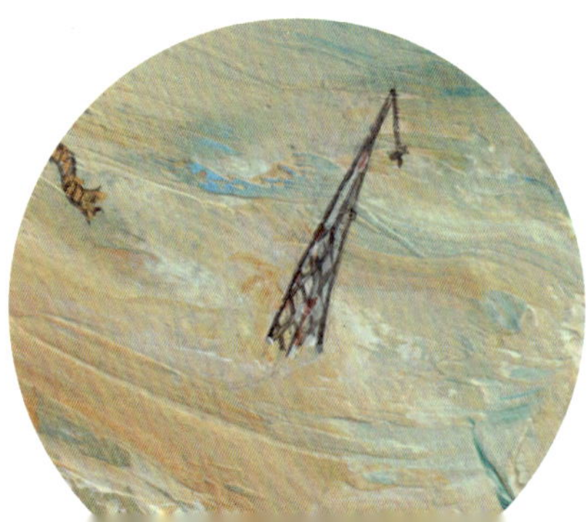

SANDBURG

Gaaanz weit draußen am Stadtrand, wo die Gegend schon richtig grün wird, lag hundert Jahre Hamburgs letzte Sanddüne im Dornröschenschlaf. Umgeben und durchzogen von krüppeligen Kiefern, Birken, Heide und anderem niedrigen Gestrüpp döste sie in der Landschaft, als sei sie aus Versehen vom Himmel gefallen. Angeblich war sie eine Wanderdüne, doch Wandern tat sie nur sehr gemächlich: ein paar Zentimeter im Jahr, Richtung Lüneburg. Wenn sie in dem Tempo weitermachte, würde sie im Jahr 22022 dort ankommen.

Daher waren es einstweilen die Hamburger selbst, die sie zur Wanderdüne machten: Spaziergänger wanderten um sie herum, Tiere durch sie hindurch. Ab und zu kam eine Kindergartengruppe vorbei, um in ihren Sandkuhlen zu spielen wie an einem Ort am Meer. Die Kinder kugelten durch den Sand, warfen sich bäuchlings hinein, kriegten ihn in die Augen und spielten darin Fangen. Was ganz schön schwierig war, denn der nachgiebige Sand zog an ihren kurzen Beinen und hielt sie fest.

Die Sanddüne war etwas ganz Besonderes in Hamburg und sie war nur noch da, weil man sie nicht verkauft hatte wie ihre Schwestern, die sich einst vom Berliner Tor bis Bergedorf ausbreiteten. Vor über hundert Jahren machte man gute Geschäfte mit Sand, so wie heute wieder. Man schaufelte ihn in Säcke, verlud ihn auf Schiffe und Waggons und schickte ihn an Orte, wo man

Beton damit anmischte und Häuser oder Eisenbahnstrecken daraus baute. 1927 war fast nichts mehr von den Hamburger Sanddünen übrig. Bis auf diese eine, über deren Preis man in Streit geraten war, sodass sie bleiben durfte und nun ein bisschen verschlafen am Stadtrand bei Boberg lag. Sie war zufrieden, denn es gefiel ihr sehr, wo sie war.

Eines schönen Tages jedoch, es war um das Jahr 2030, hob plötzlich ein aufgeregtes Britzeln und Säuseln an in der Düne. Von Sandkorn zu Sandkorn pflanzte es sich fort, bis die komplette Düne vibrierte und auf und ab wogte wie eine Meeresbrandung. »Habt ihr gehört?«, flüsterte es: »Verbauen wollen sie uns. Häuser aus uns machen und Tunnel und Brücken, wie damals bei unseren schönen Schwestern. Zu hässlichen grauen Betonblöcken wollen sie uns pressen, zu Straßen plattwalzen oder zu scheußlichen Türmen mit Löchern aus Glas darin hochziehen. Weg sein werden wir irgendwann. Verschwunden, als hätten wir nie existiert.«

Panik machte sich breit und der Aufruhr unter den vielen Milliarden Sandkörnern der Boberger Düne war berechtigt. Sand wurde knapp in der Welt, weil die Welt zu viel davon verbrauchte. Immer mehr Menschen gab es auf der Erde, immer mehr von ihnen zogen in die Städte. Und was taten sie da? Bauen, denn irgendwo mussten sie ja wohnen! Flusssand eignet sich perfekt zum Bauen, doch die Flüsse kamen mit der Lieferung nicht mehr hinterher. Sie schafften es einfach nicht, genügend Sand anzuschwemmen, denn viele von ihnen hatte man begradigt und Deiche an ihre Seiten gebaut, damit sie sich nicht ausbreiten konnten. Und was war mit den Wüsten auf dem Planeten? Konnten die

Menschen sich nicht bei denen für ihre Baupläne bedienen? Dort lag ja genug Sand herum. »Tut uns echt leid«, grinsten die Wüstensandkörner siegesgewiss. »Uns könnt ihr für eure Betonpläne vergessen. Wir sind vom Wind kugelrund geschliffen und backen nicht gut zusammen.« Sprachen's und ließen sich genüsslich vom Wind zu neuen Dünen verwehen.

Die Boberger Sandkörner ahnten davon nichts. Eine merkwürdige Wellenbewegung fuhr durch ihre Düne hindurch, die Wogen der Empörung schlugen hoch. »Nie mehr werden wir uns frei bewegen können, wenn sie uns hier wegholen«, wisperte es. »Nie mehr werden wir den weichen Frühlingswind spüren und den stürmischen im Herbst. Der Regen wird uns fehlen, die heiße Sommersonne und das Geschubber der Sandwürmer und -flöhe. Das Gekrabbel der Käfer und das Kullern der Kinder mitsamt ihrem fröhlichen Gekreische. Nie wieder werden wir sie an ihren kleinen Füßen kitzeln und festhalten können …«

»Das lassen wir nicht zu«, rief einer und blies die Sandkornbacken auf. »Wir müssen ihnen zuvorkommen.« Dazu schwang er seine winzig kleine Faust. »Es lebe die Freiheit!«, schrie er, das war das Startsignal. Denn nun zog die sonst so friedlich daliegende Boberger Düne ihre Windhose an.

Abermillionen und -milliarden Sandkörner bauten sich zu einer finsteren Wand auf und in einer Sommernacht fuhr ein wilder Wind aus Südost mitten in sie hinein. Was ungewöhnlich war, denn normalerweise kommt der Wind in Hamburg aus Nordwest. Die Körner begannen zu kreiseln, zu wirbeln, sich strudelnd umeinander zu drehen, bis sie zu einem sandigen Tornado angewachsen waren, dessen dunkler Rüssel tief im Heideboden zu stecken schien. Schnurstracks nahm das bedrohliche Gebilde Kurs auf Hamburg, wo man die Sandräuber vermutete, die ihnen an den Kragen wollten. Nun wanderte die Düne wirklich. Mit Sieben-Meilen-Stiefeln schritt sie aus, stürmte heran auf den kräftigen Schwingen des Winds. Ein Zischen und Wüten, aber auch Jauchzen lag in der Luft, wie man es so noch nie gehört hatte.

Direkt über Hamburg ließ der Wind plötzlich nach, als habe jemand den Stecker gezogen. Einen unheimlichen Moment verharrten die Sandkörner reglos in der Luft. Dann begannen sie erst leise zu rieseln wie Schnee, zu fallen wie Regen und schließlich aus den Wolken zu fließen, als würde ein monströser Schaufelbagger seine komplette Ladung auf einmal über der Stadt ausschütten.

Ein gewaltiger Sandhaufen ist alles, was von der einstigen Metropole Hamburg blieb. Je nach Windrichtung lugt mal ein Kirchturm daraus hervor, mal der Rathausturm, ein Leuchtturm und ab und an sogar dieser Stummel von einem Pegelturm an den ehemaligen Landungsbrücken. Nur den Telemichel, einst der höchste von allen Türmen der Stadt, sah man nie wieder.

Gerade noch rechtzeitig hatte er sich aus dem Staub gemacht.

KARIN BARON stammt aus Darmstadt, einer Stadt mit definitiv zu wenig Wasser. Irgendwann kam sie aber da an, wo sie sich heute am wohlsten fühlt: in Hamburg. Seit 2003 schreibt sie an der Elbe Kinder- und Jugendbücher und auch welche über ihre Lieblingsstadt. Über die kann man schon mal hin und weg sein. Auch wenn es mal drunter und drüber geht …

Mehr von und über Karin Baron findet man hier:
karin-baron.de

MONA HARRY ist Buchautorin, Poetry-Slammerin und Bildende Künstlerin. 2020 erhielt sie den Förderpreis zum Kunstpreis des Landes Schleswig-Holstein. Neben ihren Bühnenaktivitäten und Slams philosophiert sie mit Kindern. Sie hat mehrere Bücher veröffentlicht.

Mehr von und über Mona Harry findet man hier:
monaharry.de

KARIN BARON
Illustrationen von Mona Harry
Hamburg
Drunter und drüber
Fantastische Geschichten

Mona Harry
DIE DINGE
& wir

Karin Baron
Hausboot-
sommer

Mona
Harry
Mutproben

KARIN BARON
UNTERM
SAND
FANNYS 1. FALL

MONA HARRY
HAMBURG
UND ANDERE GELEGENHEITEN
Hamburger Abendblatt

Die Orte zu den Geschi

1 **Ameisen auf Abwegen** *Ameisenskulptur, S. 7*

2 **Die Geld-Börse** *Hamburger Börse, S. 13*

3 **Tor zur Welt** *Millerntorstadion, S. 19*

4 **Harfencity** *Elbphilharmonie, S. 25*

5 **Ver-schleppt** *Schlepperhafen, S. 31*

6 **Mann-o-Mann – und eine saure Frau**
Denkmäler: Hans Albers, Beatles, Bismarck, Störtebeker, Zitronenjette, S. 37

7 **Verloren im Duftwolkenhimmel**
Alsterhaus, S. 43

8 **The Rap-Unzels** *Kloster St. Johannis, S. 49*

9 **Der Mondfisch** *Dockland, S. 55*

10 **Die Assel**
Innenstadt und Rathaus, Alsterwiese, S. 61